물숨의 약속

울음의 약속

이명진 에세이

도서출판 북인

책을 펴내며

햇살과 이야기, 온정을 모은 제주살이

어느덧 제주도에 정착한 지 오 년차가 되었다. 참 시간이 빠르게 지나간다. 육지에서는 쫓기듯 자동차에 하이패스를 달고 하루하루 바쁘게 살았다. 사업가도 아니면서 만나야 할 사람도 많았다. 지금 제주에서는 바쁜 일도, 만날 사람도, 격식 갖춰 입어야 할 옷도 필요 없다. 남 눈치 볼 일 없으니 그냥 편하고 좋다.

딸아이는 엄마가 제주 내려가더니 얼굴도 까맣게 변한 '촌스런 시골 아줌마'가 되었다며 한숨을 쉬었다. 하지만 난 육지에서도 촌스러웠다. 유행에도 뒤지고, 감각도 없고, 위트는 더, 더욱 없는 무딘 여자였다. 다만 좋아하는 일이 있다면 혼자 훌쩍 떠나는 여행이었다. 다행스럽게 제주에서는 걷거나 차만 몰고 나가도 여행객이 되어버린다. 시시각각 다가오는 풍경과 공기와 공간이 늘, 생경스럽다.

내 수필에서는 바다가 중요한 무대로 등장한다. 등장인물들은 포구에 갇혀 있거나, 포구를 벗어나 새 삶을 꾸려가려 한다. 바다는 어촌의 출입구로 내 문학세계를 받쳐주는 해양성 아이콘으로 자리한다. 삶을 반영하고 있는 작품들은 가시적이든 비가시적이든 밑그림으로 포구에 대한 애착이 도사리고 있다. 포구라는 심리적 이미지는 이전에 지녔던 막연한 동경심이 아닌 중년 이후, 더욱 현실적이고 공감을 일으키는 작가의식으로 분출되었다.

그동안 수필은 자아 발견 내지는 자기 고백이란 정의 때문에 단순하고 잡다한 체험을 다루는 글쓰기 양식으로 알려져 왔다. 나는 그러한 정의에서 벗어나 삶 속에서 발견한 '그 무엇'을 쓰고 싶었다. '그 무엇'은 우리가 잃어버린 정情의 원형일 수도 있고, 인간 본모습일 수도 있다. 언어 이전 혹은 문명 이전의 그것일 수도 있지만, 우리가 잊고 사는 삶 속 모습도 환기시켜 새롭게 보여주는 일일 수도 있다. 그것은 내가 살고 있는 섬이란 공간에서 농축된 체험을 통해 드러나는 재발견이며, 리얼리티 속 남들이 몰랐던 신비하고 내밀한 소리일 수도 있다. 또한 타락한 사회를 타락하지 않은 심성으로 이끌어가는 내 수필 속 주인공들이 꾸며놓은 서사일 수도 있다.

이러한 수필 쓰기는 언제나 타 장르보다 매력적이다. 그 이유는 진솔하기 때문이다. 또한 사물을 관조하는 은밀한 통

찰력이 있기 때문이라 믿는다. 은밀함 혹은 은폐와 솔직함 그 사이에 수필은 자리매김하고 있어 감칠맛나는 문학 양식으로 독자들에게 공감을 불러일으킨다고 본다. 내 수필 또한 그러한 매력을 위해 부단히 빛을 발산하고 있다.

총 43편의 수필을 제5부로 나누었다. 가독성을 높이고, 디지털시대에 잊혀지는 그리움을 정서적 지표로 삼아 문학적 형상화를 일궈내고 싶었다. 특히 제주도로 이주해 살게 되면서 겪은 제주사람들의 평범한 일상과 여행에서 얻은 자연 풍경에 대한 단상들을 모아봤다. 이웃을 이해하고 나보다 남을 배려하는 심성을 주제로 다뤘다.

기계문명과 황금만능주의 사회에서 우리가 찾아야 하고 지켜야 할 일이 무엇일까. 사람과 사람 관계 속에서 이해하고 화합하는 방향을 모색해봄으로써 따듯한 온기와 빛을 생성하는 계기로 내 수필이 읽히기 바란다.

오늘도 낯선 여행지에서 나누는 다른 사람들이 살아온, 때론 살아갈 이야기를 들으며 난 노트북을 두드린다. 참으로 많은 제주 이야기가 나와 함께 우리를 만들어 나갈지 모른다. 그런 기대를 하며 부지런히 제주살이에 필요한 햇살과 이야기와 온정을 모으며 이 시간 모두 기억하고 저장해나간다.

수필집 『물숨의 약속』을 세상에 나오도록 정성스럽게 따듯한 마음으로 살펴봐준 도서출판 북인에 감사드린다. 끝으로 내 수필에 영감을 준 모든 등장인물들 혹은 사물에 깊은 고마움과 사랑도 나눠드린다.

2023. 10.

제주도 비욘드에서 이명진

차

례

제2장 | 물숨의 약속

제3장 | 술꽃 연가

제4장 | 유령 바이러스

제5장 | 환생을 들려주는 바람 소리

제1장

제주 할망 손으로 깁다

마음을 씻는 목욕탕

벌써 다섯 해가 흘렀다.

성산읍 신천리 한적한 바닷가에 터 잡고 '비욘드'를 꾸미기 시작했다. 올레 3길을 경유하는 신천항은 벽화마을로 알려져 있다. 마을 입구부터 항구까지 꽃길이 이어져 있어 바라보는 사람들 마음을 편안하게 해준다. 벽화도 온갖 꽃으로 치장하고 울긋불긋 향기를 뿜어낸다. 어려서부터 강원도 삼척에서 살고 싶다는 꿈을 꿨었다. 그곳은 바다와 산이 어우러져 있어 도회지보다 소박한 풍요를 누릴 수 있을 듯싶었다. 하지만 인생은 예측불허였다. 신혼여행 때 뿌려진 씨앗이 있었는지 사면이 바다로 둘러싸인 제주도에서 노후를 보내게 되었다.

전생에 물과 인연이 깊었을까. 호반의 도시 춘천에서 태어났다. 유년의 기억에는 소양강과 동해 바다에서 수영하며 비단조개를 잡던 추억들이 새록새록 쌓여 있다. 공무원인 아버지를 따라 강원도 속초에서 보낸 초등학교 시절은 가슴속 깊이까지 감성의 싹을 틔우기에 부족함이 없었다. 강에서 바다로 향하던 진부령 고개는 비포장에 대한 아련함까지 더해주었다. 그 후 강화도를 마주하고 있는 김포로 시집 와 서해 갯벌에서 중년을 보냈다. 동해와 서해 바다로도 부족한 삶이었는지 인생 후반부를 제주도 섬마을에 여장을 풀었으니 하루하루가 새로움의 연속이다.

제주도는 내게 바람과 돌과 화산 흔적을 간직한 보물단지였다. 더불어 사람들의 풋풋한 온정이 투박한 제주어와 함께 일상을 파고드는 곳이기도 했다. 그동안 수많은 시간 속을 걷다, 시간 속을 그리다, 시간 속을 잇다, 시간 속을 머물다, 행운까지 발견할 수 있는 작은 공간도 짓게 되었다. 바로 '비욘드 북카페 엔 게스트하우스'였다.

도시에서의 '빠름'과 '바쁨'에 지쳐갈 무렵이었다. 책으로 온통 뒤덮인 작은 카페에서 커피 향을 맡으며 책도 읽고 글도 쓰는 일이 행복 아닐까 싶어 도전해봤다. 실천하기 힘든 몽상을 계획도 없이 용기만으로 시작했으니 시행착오도 많았다. 제주 정착 초기에는 매번 실수로 인해 스스로를 자책하며 경험 쌓기에 분분했다. 바리스타 자격증을 취득하고, 카페 메뉴를 연구하며, 각종 차에 대해 공부까지 하면서 마음은 고무풍선 마냥 부풀어갔다. 작은 건물 세 동을 신축하며 알고도 속고, 모르고 속고를 반복했다. 비싼 수업료를 지불한다는 마음으로 신천리 필살기를 펼쳤다. 생각처럼 카페와 게스트하우스 일은 녹록지 않았다. 시간이 흐를수록 몇 십 년 해오던 일과 전혀 다른 업종은 내게 '공간'이란 의미를 되새겨주었다.

주변 사람들 또한 제주에서 집을 짓거나 건물을 짓는 일이 하늘에 별 따기 마냥 어렵다고 했다. 돈만 있으면 되지 않을까 했던 생각들이 어리석었음을 여러 차례 어려운 고비를 넘기며 깨달았다. 돈으로도 안 될 일은 안 되는구나. 그랬다. 제주는 지역 특성상 물류운송 문제가 육지에서 나고 자란 내게 상상할 수 없는 변수를 만들어놓기 충분했다. 한 단계 한 단계 완성되어가는 건물을 보고 마을 어른들까지 격려를 아끼지 않았다. 내 속내를 눈치챈 듯, 낯선 이에게 정을 나눠주던 순박한 토박이들의 친절이 싫지 않았다.

"잘되고 있는 거꽈?"

불쑥 들어와 걱정해주는 어른들 손에 바다에서 갓 잡은 생선이거나, 고구마나 감귤 봉지가 들려 있었다. 도회지에서 내려와 정착하려는 낯선 이웃에 대한 따듯함은 큰 힘이 되어 온몸을 감쌌다. 그런 상황에서 완공된 건물에 간판을 걸어야 했다. 상호 붙이는 일은 어렵고 난감했다.

비욘드Beyond란 '너머'라는 의미의 영문 표기이다. '너머'는 내가 가장 좋아하던 단어 중 하나다. '너머'라는 제주 사투리를 상호로 사용하고 싶어 열심히 찾아봤지만 발견할 수 없었다. 할 수 없이 영문 표기로 간판을 제작했다. '너머'에서는 어린 시절부터 누구나 품고 있던 꿈도 찾을 수 있지 않을까 싶었다. 파도가 너울거리는 바다 너머 어디쯤 햇살이 존재할까. 내가 움직일 때마다 따라오던 수평선 너머에는 어떤 이야기가 있을까. 1,950m의 한라산 너머에는 무엇이 살고 있을까. 저 너머에서 십여 년 정도 살고 나면 어떤 모습일까. 이미 가봤던 강 너머, 산 너머, 바다 너머, 미지의 세상 속엔 무언가를 잔뜩 기대하고 있는 마음속 희망, 아니면 사랑, 아니면 꿈이 도사리고 있을 터였다.

오늘도 햇빛과 온기와 따스한 정이 꿈틀거릴 비욘드에는 각지에서 모인 여행객들이 많은 이야기를 풀어놓으며 우정을 나누고 있다. 디지털시대에 비욘드는 아날로그를 그리워하며 위로받기 위해 자유로운 영혼이 된 방랑객들의 안식처가 되었다. 경쟁과 시기 속에 살아가는 현대인들에게 정신적 평온도 찾게 해준다. 누구에게나 여행은, 새로운 사물과 공간과 사람과 소통하는 현실세계이다. 여행지에서 보고 듣고 감동을 느끼며 정보를 공유할 게스트하우스는 일상에 지친 여행자들에게 마음의 때를 씻어주는 목욕탕이라 해도 부족함이 없다.

늘, 힐링을 원하는 여행자들에게 목욕탕과 같은 안식처로 쉼을 제공해주고자 불 밝힌 곳이 '비욘드'다. 날마다 내가 만든 작은 공간이 외로운 여정과 찌든 삶에 활력소가 되어주었으면 하는 바람이다. 더불어 안전함과 편안함을 제공할 수 있다면 얼마나 다행한 일인가.

'너머'를 찾는 이들 모두에게 제주도가 자신만의 꿈에 공간이길 빌어본다.

바다는 수평선을 뽐냈다

하늘이 뜨겁게 불을 뿜는다.

오랜만에 환하게 얼굴 내민 태양이 반가워 환호성을 질렀다. 창밖에 부딪치는 빗줄기를 바라보며 우울증에라도 걸리지 않을까 노심초사할 찰나였다. 하늘 문이 열리며 빛살이 쏟아졌다. 십여 일 만에 맞이하는 햇살을 놓칠세라 부지런히 집 앞 바다를 찾아나섰다. 갯비린내마저 쓸어가버린 빗물은 흔적도 없이 사라져버렸다. 상가도 보이지 않고, 관광객을 유혹하던 손길도 보이지 않는 신천항이다. 페인트가 벗겨진 낡은 어선들이 물결 따라 흔들거리는 사이로 갈매기들만 분주하게 날갯짓을 한다. 횟집과 네온사인이 현란한 육지 바닷가와는 다른 한가한 분위기에 취해 한들한들 걸음을 옮겼다.

갯바위 사이사이로 가슴까지 오는 장화를 신고 낚싯대와 씨름하며 망중한에 빠진 사람들이 보였다. 첨벙첨벙 개와 함께 수영을 즐기는 남자도 보였다. 넓은 빌레에서 보말을 잡는 이들도 보였다. 제주의 또 다른 시작점에서 수평선을 바라보는 일은 흥미로움이 몇 배로 넘쳐 즐겁기만 하다. 바다 너머, 수평선 너머에는 무엇이 존재할까. 굳이 과학적 논리를 펼치지 않더라도 그곳에는 희망과 꿈 아니면 사랑이 웅크리고 있을 듯하다. 어머니의 품처럼 넉넉한 바다는 쳐다만 봐도 행복 에너지를 흠뻑 발산하게 해준다.

내가 살고 있는 신천항은 간직한 보물이 너무 많다. 항구는 자신이 가진 귀한 보물을 끊임없이 동네 사람들에게 나누어주며 파도를 만들었다. 하루에도 수십, 수백, 수만 번 쓸려 왔다갔다 반복하며 자갈을 부수어 모래를 만들고, 조개껍질도 부수어 또 모래를 만들고 있지 않은가. 바다는 결코 망치를 두드리고 정으로 다듬어 모래를 만들지 않았다. 반복적으로 끊임없이 움직이는 물살의 힘으로 모든 일을 이루어내고 있었다. 우린 부드러워 보이던 물살이 돌도 깰 수 있고, 자갈도 부술 수 있다는 자명한 이치를 알면서도 외면하며 살고 있진 않았는지 궁금해졌다.

작은 바닷가 마을. 동네 전체를 온통 햇살이 비춰주는 곳. 육지가 지척에 있어도 그리워만하며 스스로 삶의 방법을 터득한 정겨운 사람들이 사는 항구가 있는 마을. 옛날부터 이웃과 이웃끼리 나눔을 실천하며 가꾸어온 해녀들 일터인 불턱. 작은 어선으로 한 끼 반찬거리만 잡아도 웃음소리가 모래를 빚어내던 어부들의 선착장. 그들이 있기에 바람이 스치는 마을 한쪽은 잔디와 억새가 자라고, 꽃향기가 넘쳤다. 해수면 양 옆 비스듬한 언덕 사이로 여기저기 선인장군락이 눈길을 잡는다. 짙은 초록의 잎에 뾰족뾰족 삐져나온 가시들이 바람과 태풍을 견디게 해주는 섬사람들 뚝심처럼 느껴져 반갑고 반갑다.

선인장은 물도 없는 사막에서 뜨거운 열기와 적막함을 이기며 자라는 다년생 식물 아니던가. 오래 전 머나먼 멕시코에서 파도를 타고 섬마을까지 들어와 백색, 적색, 황색, 자색의 다채로운 꽃을 피우며 주민들과 동고동락해왔다. 선인장 군락지 옆에서 관광객들이 할 수 있는 일이란 카메라에 사진을 담고, 손닿는 곳의 열매는 거침없이 따가면 그뿐이었다. 발 닿는 자리 곳곳의 선인장은 짓밟아 뭉개놓아도 말하는 사람 한 명 없다. 짓이겨진 선인장은 시퍼런 즙을 토해내다 누렇게 시들어가고 바람에 말라 부서져 흩어진다. 마치 사람의 생로병사生老病死와 다를 바 없다. 넓은 잎이 가시를 뿜어낼 때면 편편상의 마디가 부러지지 않고 연결되어 다시 자라났다. 예사롭지 않은 생명력이다. 세찬 바람에도 마디와 마디가 부러지지 않고 굳세게 견뎌낸다. 그 힘이 섬을 지켜온 사람들의 심성을 닮았다.

수십 년 살아오면서 얼마나 운동을 하지 않았는지, 허덕허덕 가쁜 숨을 몰아쉬며 둥그스름한 방파제를 한 바퀴 돌았다. 기다림에 지친 나그네의 불안함으로 뚫어져라 하늘과 바다가 맞닿아 있는 수평선을 다시 바라봤다. 수평선은 내 눈높이에서 묵묵히 그 자리를 지키고 있었다. 아무리 자세를 바꿔도 고집스럽게 한곳에서 외줄로 떠 있었다. 언제나 수평선은 존재하는 형상이 아니었다. 바다와 하늘이 맞닿아 있는 경계선에 불과한 허상일 뿐이었다. 없으나 있다고 믿고 싶은 꿈과 희망의 은신처. 파라다이스 같은 미래에서 마음속 가득한 분노와 어리석음을 털어버리고 싶었다.

새벽이면, 바다를 붉게 물들이며 떠오르는 해맞이를 하고 싶어 신천항에서 일출을 기다렸다. 수평선에서 불쑥 솟아오르는 해를 보며 간절히 소망을 빌어보고 싶은 마음이 앞섰기 때문이다. 어린 시절, 기억 한 자락에는 새벽잠에서 깨어 바라봤던 일출의 웅장함이 강렬하게 남아 있다.

어린아이 눈에 수평선에서 솟아오른 해는 바다가 불을 뿜어내던 공상과학 영화 같았다. 붉은 기운은 바다도 삼킬 듯 회오리를 만들었다. 그때의 분위기와 기분을 맛보려 동해로 남해로 일 년이면 서너 번 쫓아다녀보았지만 모두 허사였다. 내가 바라던 장엄한 해는 아무리 바다를 노려보며 기다려도 어느새 머리 위에 와 있었다. 그렇지 않으면 두둥실 구름 사이에서 부질없음을 비웃고 있었다. 생각해보면 일출에 소원을 빌어보는 행위 자체가 터무니없고 허황된 일인지도 모른다. 빌어야 할 소원이 무엇일까. 가족 건강, 아니면 사업 대성, 아니면 불로장수일까.

바람이 스쳐지나간 신천항에서 일출에 마음담아 비는 일조차 욕심임을 깨달았다. 아무것도 소유할 물건이 없고, 지녀야 할 필요성이 없다는 사실이야말로 진정 편안한 삶이라 누가 말했던가. 내가 살아오면서 겪었던 모든 체험들이 가장 원초적인 자산일 터였다. 순박한 사람들의 소박한 삶 외에 우린 무엇을 더 바랄 일인가.

바다에 길게 그어진 수평선은 오늘도 내일조차 약속하지 않은 채, 멀리서 뽐내기를 하며 숨을 죽였다.

제주 할망 손으로 깁다

보따리를 풀었다.

우수수 알록달록 천 조각이 쏟아진다. 크기와 모양과 천의 색깔이 각양각색인 앞치마가 눈앞에 펼쳐진다. 손으로 한 땀 한 땀 바느질한 귀한 물건이다. 천연염색으로 물들인 조각천을 이어 만든 앞치마에서 바느질 선이 삐뚤빼뚤 휘청거리고 있다. 유명한 디자이너 솜씨가 아니어도 자투리천으로 완성된 앞치마는 남달라보인다. 한 장 한 장 펼쳐볼수록 값을 따질 수 없는 그녀의 하루가 고스란히 전해져 콧등이 시려왔다.

보통의 할망들이 그러하듯, 그녀는 작은 키에 구부정한 허리로 동네를 종횡무진 돌아다녔다. 밭에 나가거나, 바다에 나가거나, 마트에 가거나, 노인정에 갈 때도 잠시를 가만있지 못했다. 예부터 부지런한 사람 손끝에 물마를 날 없다고 했던가. 옆집 할망은 동네 일거리만 보면 참지 못하고 해치

워야 속이 시원한, 지칠 줄 모르는 불사조 같았다. 세월이 흐를수록 바다를 믿고 살아야 하는 섬 생활에서 그녀가 의지해야 할 일은 평생 바느질밖에 없었을지 모른다.

항상 옆구리에 바느질 도구를 끼고 다니는 할망에게 마을 사람들은 장난처럼 한마디씩 했다.

"할망! 내 것도 해줍써."

말이 떨어지기 무섭게 그녀의 얼굴은 환한 웃음을 만들어냈다. 길에서 할망을 만나거나, 그녀의 집 앞을 지나다 눈이라도 마주칠 때면 어김없이 한마디 인사를 듣게 된다.

"나 그거 하나 꼭 맹글이 주켜."

처음에는 그 말이 당황스러웠지만 그녀의 사연을 듣고부터 덩달아 꾸벅 고개를 숙였다. 할망 손으로 얼마나 많은 앞치마가 만들어져 이웃에게 건네졌을까. 우리 동네 대부분의 사람들은 할망 솜씨를 좋아했다. 일류 의상 디자이너가 아니라도 그녀의 앞치마는 한껏 돋보였다. 한 가지 색상이나 온전한 천으로 만들어지지 않은 앞치마는 제주 어머니들의 강인한 삶을 그대로 전해주고도 남았다.

신천리에 터를 잡은 후, 할망과 부딪치는 일이 자주 생겼다. 바로 옆집인 탓도 있었지만, 하루 중 대부분을 밖거리 평상에 앉아 소일하는 할망의 일과 덕도 있었다. 날마다 꽃잎 떨어지는 나무 사이로 작은 덩치의 할망이 보였다. 눈이 마주칠 때면 언제나 손짓으로 나를 불러세웠다. 눈이 어두워

바늘귀가 보이지 않아 실을 끼울 수 없다고 도움을 청하기 일쑤였다. 할망 무릎에는 무수히 많은 조각천이 널브러져 있었다. 귀퉁이에 밀쳐져 있는 낡은 재봉틀도 손때가 묻어 반들거렸다. 방 한쪽 벽면에는 오색실이 꿰어진 수십 개의 바늘이 넓은 판에 꽂혀 있다. 색색의 실 중 당신 마음에 드는 바늘을 찾기 어려우면 할망은 불안한 듯 보였다.

"따님 안 계셔요?"

내 물음엔 대답도 않고 그저 바늘만 챙겼다. 남편을 잃고 혼자 물질하며 살아가는 딸과 살고 계신 할망은 바다를 몹시 싫어했다. 바닷가 마을에서 대부분의 아낙들은 물질을 일삼으며 살아갔다. 삶이 평범해보이던 제주였다. 할망은 젊은 시절 남편을 바다에서 잃었다. 그녀가 선택한 제주살이는 바다를 의지하기보다 천에 물들이고 삯바느질해주며 자식을 키우는 일이었다. 남자가 귀하던 제주에서 밭일 집안일 모두 여자들 차지였다. 새벽에 입었던 앞치마는 한밤중이 되어서야 풀 수 있었다.

"어머니는 예쁜 치매에 걸리셨어요."

얼마 전 불혹을 훌쩍 넘긴 할망 딸은 하루에도 몇 번씩 할머니의 바늘귀를 꿰어주는 내게 푸념 아닌 넋두리를 쏟아냈다. 잠도 주무시지 않고 앞치마만 만들던 그녀에게 이상 징후가 나타났다. 딸의 얼굴을 깜박깜박하는 일은 다반사가 되었다. 손주손녀 얼굴도 이름도 잊어버렸다. 하지만 바다에

묻힌 남편 얼굴과 이름은 또렷하게 기억했다. 벽에 걸린 아버지의 사진과 이야기 나누는 엄마를 발견하고 놀란 딸은 병원을 찾아갔다. 자식조차 '예쁜 치매'라고 말하던 할망의 증세는 바느질거리만 잡으면 꼼짝않고 앉아 시간을 보냈다. 바느질에 집중하느라 밖에 나가는 일도, 길 잃을 일도, 주방에서 사고칠 일도 없었다. 그런 엄마에게 딸은 볼 일이 있거나 물질을 나갈 때면 바느질감을 잔뜩 안겨주고 나간다고 했다. 할망은 딸이 들어올 때까지 힘든 줄 모른 채 앞치마만 만들었다. 눈이 침침해 보이지 않아도, 귀가 어두워 들리지 않아도, 손가락이 닳아 있어도, 앞치마 만드는 일에 싫증을 내지 않았다.

왜 하필 앞치마에 대한 미련을 버리지 못해 집착하는 걸까. 할망의 앞치마에는 알록달록 감물이 들어 있거나, 새와 나비가 날아다니거나, 쪽빛 바탕에 꽃이 피어 있거나, 바람에 나무가 흔들려 잎이 떨어지고 있다. 홀로 살아온 할망에게 바느질은 때때로 상실감과 외로움을 치유하는 벗이 되었을 게다. 할망은 삯바느질과 염색을 할 때마다 세상살이에서 생겨난 아픔을 씻어내려 했을지도 모른다. 자연친화적인 천연 재료를 만들면서 그 동안 부딪쳤던 사연들을 고운 색깔로 풀어내지는 않았을까. 한 땀 한 땀 주머니를 만들고, 가슴선을 파며 나무도 세우고, 꽃밭도 만들고, 우짖는 새도 빚어내며 더딘 시간에 추억까지 보태느라 전전긍긍했으리라. 희로

애락의 순간을 밟아가는 자신에게 희망의 문까지 열어두려고 밤잠 설친 날이 얼마나 많았을까.

바람 부는 날도, 비가 오는 날도, 눈이 내리는 날도, 햇살 눈부시게 화창한 날도, 실과 바늘과 조각천만 있으면 행복하려나. 내게 선물해준 앞치마가 할망 정신이 맑은 시절 아름다운 기억이었으면 하는 바람이다.

억새 마음 소리로 울다

한라산을 그렸다.

한라산 위로 호수보다 푸른 하늘을 그렸다. 그 위에 하얀 구름으로 나무도 그리고 꽃도 그렸다. 가을바람이 후두둑 시든 이파리를 날려 보낸다. 은빛 억새의 흔들림 속으로 사람들 얼굴이 나타났다 사라진다.

대나무 숲을 지나 억새 사이에서 수십 명의 사람들이 비명을 지른다. 그들은 맥없이 쓰러지며 울부짖는다. 끊어질 듯 들리는 아우성은 바람 소리를 따라 숲으로 사라졌다. 부드러운 선을 만드는 오름의 능선이 가까워졌다 멀어졌다 곡예를 한다. '잃어버린 마을 영남동'은 한라산을 등에 업고 미동도 하지 않은 채, 조용히 밀물처럼 내게 다가왔다.

벼르고 벼르다 찾아왔다. 산록도로를 지날 때마다 궁금하고 또 궁금했다. 한라산 남쪽의 첫 마을인 영남동. 백록담이

가깝게 보이는 해발 400m의 중산간지대에 이정표 하나로 남아 있는 마을. 그곳은 4·3이란 소용돌이와 함께 사라져가는 제주의 아픈 역사 현장이다. '잃어버린 마을'은 어떻게 존재하고 있을까. 제주도에는 4·3사건으로 인해 사라진 마을이 여러 곳 있다. 그 중 영남동은 꼭 가보고 싶고, 들르고 싶은 장소였다.

'잃어버린 마을 영남동' 이정표를 바라보며 좁은 산길로 방향을 틀었다. 이정표마저 없다면 안쪽에 마을이 있었다는 사실조차 몰랐을 스산한 입구다. 들어갈수록 우거진 수풀은 판타지 영화에 나오는 배경처럼 두 눈을 자극했다. 주민들이 식수로 사용했던 우물터와 군데군데 부스스 울음소리를 내는 대나무들이 있어 옛 마을 터임을 짐작하게 만든다. 억새가 흐드러지게 피어 있는 길을 따라 남쪽으로 내려갔다.

'영남동 잃어버린 마을' 표석이 햇살에 반짝였다. 당시 주민들이 경작했던 농경지가 한눈에 들어온다. 삐뚤빼뚤 경계를 만드는 낮은 돌담 사이로 바람이 길을 안내해준다. 저 바람은 어디서 왔다 어디로 가는 걸까. 바람이 들려주는 소리에 귀 기울여본다. 옛사람들 농사짓던 밭자락이 꿈틀거리며 옷깃을 붙잡는다. 저기 어디쯤 밭주인이 살던 집이 있었겠지. 아마 옆에는 닭장도 쇠막도 있었을 거야. 혼자 또 머릿속에 그림을 마구 그려넣는다.

1800년대 중반쯤 생겨난 영남리 마을 사람들은 화전을 일

궈 조와 메밀과 콩과 감자를 심어 연명하며 살아왔다. 일제강점기에는 50여 호가 있었을 정도로 번성한 마을이었다. 1948년 11월 17일 제주도에 계엄령이 선포된 이후, 중산간지대는 초토화되었고, 주민들은 고난의 시절을 겪어야 했다. 11월 중순께부터 이듬해 2월까지 약 4개월 동안, 진압군은 중산간마을에 불을 지르고 주민들을 집단으로 살상했다.

중산간지대에서 해안마을까지 내려간 주민들도 무장대에 협조했다는 이유로 희생되었다. 남아 있던 주민들은 사태가 금방 끝나리란 생각에 마을 위쪽 어점이악 왕하리와, 내명궤, 땅궤 등에 숨어 있었다. 추운 겨울을 한라산에 숨어 있다 잡히면 사살되거나 형무소로 보내졌다. 토벌대의 초토화작전으로 중산간마을 95% 이상이 방화되었다. 살벌한 토벌로 인해 마을 자체가 없어져버린 '잃어버린 마을'이 수십여 곳 생겨났다. 하지만 그곳의 하늘과 구름은 어제도 오늘도 내일도 그 모습 그대로 버티고 있지 않던가.

그 당시 영남리로 불렸던 이 마을도 4·3사건은 피할 수 없었다. 주민 90여 명 중 피신하지 못한 50여 명이 희생되는 불운을 겪어야 했다. 평화롭게 보이던 산속 마을이 누군가에게는 잊고 싶고, 생각하기 싫은, 불행의 장소가 되었다. 그곳은 몸서리치며 외면하고 싶은 공간으로 변해버렸다. 살아남았던 사람들조차 악몽에 시달리다 마을을 떠났다. 그들에게 영남동은 다시 돌아오고 싶지 않은, 잊고 싶은 고향 동네가 되지 않았을까. 댐 공사로 수몰된 탓에 고향이 있어도 돌아가지 못하고, 실향민으로 살아가는 사람들도 있다. 하지만 제주도에는 들춰내고 싶지 않은 상처로 인해 고향을 등지고 떠난 사람들이 있지 않은가.

고향에 가기 싫은 이들의 마음 숲에는 항상 억새가 부르르 몸을 떨며 울고 있을 터다. 주위를 빙 둘러본다. 화전갈이 흔적이 뚜렷한 계단식 밭을 바라볼수록 환영이 어른거렸다. 묵묵히 괭이질하던 동네 삼촌이 금빛 햇살 사이로 손을 흔드는 듯하다. 저만치에서 광주리를 이고 오는 아낙네의 감물들인 바지자락이 어른거린다. 무너진 돌담 사이로 아이들 웃음소리가 메아리 돈다. 칭얼거리던 아기는 누나 등에서 잠이 들었을까.

4·3사건으로 인해 제주지역공동체는 파괴되고 엄청난 정신적, 물적 피해를 입었다. 가슴 깊이 상처로 남아 있는 참혹했던 인명피해 현장은 사라지지 않은 채, 누군가를 기다리고 있다. 행여 말 한마디 잘못하면 부모형제 혹은 친척, 아니면 지인들이 다칠까 두려워 생존자들은 오늘도 입을 열어 증언할 생각도 못하고 떨며 지낸다. 누가 그들을 위로해줄 수 있을까. 동굴에 갇혀 있거나 산속을 헤매며, 자신들의 고초가 무엇 때문인지도 몰랐을 순박한 사람들 표정이 시나브로 흔들리는 억새를 닮았다. 사람이 살기 힘든 동굴로 몸을 피한 후, 견뎌야 했을 공포감과 배고픔도 허락해주지 않았던 토벌

대의 행동을 누가 징벌할 수 있을까. 동굴 속에 피신해 있는 선량한 주민들에게 토벌대가 총을 쐈을 때였다. 한 명도 나오지 않자 나무에 불을 붙여 연기로 질식시킨 뒤 한 사람씩 끌어내 모두 총살해버렸다. 이렇듯 기록으로 남아 들려오는 이야기마다 가슴 아프게 명치를 때린다.

걸음을 옮길수록 마을 사람들이 모여 이야기를 나누던 왕돌빌레에 세워진 잃어버린 마을 표석이 자꾸 눈시울을 붉게 만든다.

"옛 우물터를 찾아 시원한 물 한 모금 마시며 영남마을 주민들의 아팠던 삶을 다시 한번 되새겨보라. 이곳에 밝은 햇살이 영원히 머물기 바라며 이 표석을 세운다."

입구를 찾아나오는 내내 잃어버린 마을 하나가 내 심장에 박혀 제주의 또 다른 모습으로 저장되고 있었다.

꺾인 건 고사리가 아니라 내 마음이었네

꽃바람이 분다.

동백인가 했더니 제주 토종 수선화가 하얀 이파리를 뽐낸다. 언뜻언뜻 유채도 노란 향기를 만들어냈다. 그 찰나를 붙잡고 벚꽃도 화려하게 시선을 잡아끌며 봄날을 유혹한다. 빨강과 하양과 노랑의 색깔이 형형 빛깔을 자랑할 즈음, 제주도는 고사리 새순이 삐죽삐죽 얼굴을 내밀기 시작했다. 그럴 때면 이웃들은 꽃구경 대신 고사리 수확을 위해 촉각을 곤두세우며 분주해진다.

해마다 4월이면, 제주사람 두서너 명만 모여도 고사리가 어디에 나기 시작했는지 탐색전을 벌이며 정보를 공유하려 한다. 제주살이를 시작한 지 서너 해밖에 되지 않았지만, 그동안 고사리에 얽힌 일화를 여러 번 들어온 터였다. 올해는 꼭 고사리 채취에 동참해 흥미진진한 이야기 속 주인공이 되고 싶었다. 살아오면서 한번도 새 봄에 돋아나는 산나물이라든가 쑥이라든가 냉이를 채취해본 적 없었다. 말로만 듣고 마트에서 사다 요리를 해먹는 일이 전부였다. 적어도 제주에 정착하려면 고사리 수확은 해봐야 한다는 지인의 말에 고무되어 새벽마다 들판을 헤매고 다녔다.

오름 주변은 날마다 고사리에 대한 내 기대를 충족시키고도 남았다. 돌 틈에서, 억새 숲 사이에서, 가시덤불 속에서 갈색의 길고 통통한 줄기를 발견할 때마다 탄성이 절로 나왔다. 여기저기 엄청나게 자라고 있는 여러해살이풀인 고사리는 봄철을 유혹하는 양치식물이다. 1m의 높이로 자라는 특성 탓에 톡톡 꺾을 때면 신명이 절로 났다. 고사리는 이른 봄에 뿌리로부터 싹이 돋아나 끝 쪽에서 꼬불꼬불 말리며 아기 주먹을 닮아간다. 새끼손가락만큼 굵은 몸통을 꺾을 때면 짜릿한 손맛이 느껴져 천하를 얻은 듯 통쾌했다. 몸통은 흰 솜 같은 털로 온통 덮여 있다. 식용으로 사용할 수 있는 고사리를 한 줌 꺾어들고 뿌듯해할 즈음 쫄랑쫄랑 따라왔던 딸아이가 한마디 툭 던졌다.

"불쌍해라. 허리가 '뚝' 꺾일 때 얼마나 아플까요?"

아이 말소리가 들리는 순간, 내 주먹 안에 있던 고사리들이 각자 소리를 질러대는 듯 흔들렸다. 동시에 팔목도 몹시 저려왔다. 미처 생각지 못했던 터라 무심코 던진 아이 말을 듣고 곱씹게 되었다.

봄이면 제주도 들판 곳곳에는 헤아릴 수 없을 정도로 많은 자연산 고사리가 돋아난다. 날마다 식용 고사리 채취꾼이 늘어나면서 사고 또한 빈번하게 발생했다. 억새 숲과 찔레 넝쿨 사이를 유심히 살펴만 봐도 길고 통통한 고사리밭을 발견하는 일은 식은 죽 먹기였다.

난생처음 고사리를 찾아나섰을 때는 발 앞에 있어도 눈에 띄지 않았다. 이제는 차를 타고 좁은 길을 지나가도 눈에 번쩍 들어오곤 한다. 하나하나 발견하는 기쁨도 배가 되었다. 허리를 굽을 때 들리는 '똑' 소리의 경쾌함은 묵은 체증까지 날려버리며 촉각을 자극했다. 그 재미에 빠져들수록 머릿속 모든 생각들은 정지해버린다. 몰입의 즐거움에 손놀림과 눈 회전이 바빠졌다. 지인들은 그런 나를 보고 '고사리 헌터'라고 놀렸다. 그런데 오늘 아이와 함께 나온 들판에서 혼자 즐기던 놀이에 방해꾼을 만난 셈이 되었다.

아이는 따라오며 또 종알거렸다.

"4·3사건으로 아버지를 잃은 한 할머니는 고사리철이 정말 싫다고 해요."

"무슨 소리야!"

갑자기 내 목소리 끝이 올라갔다. 당혹스러움이 스멀스멀 밀려왔다. 반대로 아이는 아무렇지 않은 표정이다. '4월은 잔인한 달'이라고 T. S. 엘리어트가 노래했지만, 제주에서의 4월은 고사리철의 시작과 동시에 4·3사건이란 아픈 기억이 회자되는 달이기도 하다. 느닷없이 혼자 들판을 헤집고 다닐 엄마를 돕겠다며 따라온 딸아이이다. 아이는 고사리가 허리를 잘려 아프겠다고 하더니 4·3사건까지 들먹인다. 어느 할망은 젊은 시절, 고사리 채취를 나온 자신을 마중나왔던 아버지가 무차별 총격으로 사망했다. 그 충격에서 벗어나지 못해 우울증에 시달린다는 사연은 우리 모두를 슬프게 만든다.

해가 거듭될수록 4·3사건은 제주도민들의 아픔으로 부각되었다. 더구나 고사리는 4월을 장식하는 봄꽃과 함께 전국을 술렁이게 만들지 않던가. 그 일에 덩달아 일조를 하고 있으니 딸아이가 아니었다 해도 싹 틔우고 잎 키우는 일에 온 힘을 쏟았을 고사리에게 미안한 마음이 들었다. 그날 밤 내내 몸살을 앓았다. 미열이 온몸을 달뜨게 했다. 고사리를 꺾느라 힘들고 피곤해서가 아니었다. 잔인한 4월이면 모두에게 소유의 행복을 맛보게 해준 여린 식물에 대한 고마움 때문이었다.

사람들은 언제나 자신들이 필요로 하는 일은 무엇이든 스스로 만들어가는 재주가 있지 않던가. 가지려는 욕망의 부질없음을 깨우치는 순간, 꺾인 건 고사리가 아니라 내 마음 속 소유욕이었다. 내어줄 수 있을 때 나눠줄 수 있다면 그 또한 부자로 사는 길일까. 뜨거운 햇살에 제 몸의 수분을 다 내주고 소들소들 말라가는 고사리에게 사랑한다, 또 사랑한다 말하고 싶다.

오르다

땅의 주인이 내놓은 길.

그 길 따라 1,950m 정상을 향해 걷는다. 우리나라에서 가장 아름다운 산은 당연히 한라산이다. 한라산은 은하수를 어루만질 수 있을 만큼 높은 산이라 해서 붙여진 이름이다. 백록담을 중심으로 남북으로 제주시와 서귀포시가 걸쳐져 있다.

새벽 6시쯤 성판악에 도착했다. 알싸한 12월의 공기가 온몸을 감쌌다. 지난 번 사라오름까지 올랐던 기억이 파노라마를 만든다. 이번엔 정상 도전이다. 코로나19로 인해 입산을 하려면 미리 인터넷으로 예약을 해야만 했다. 그래서일까. 입구는 한산한 편이었다. 겨울 산행을 즐기려는 몇몇과 함께 무리를 만들며 스틱을 힘 있게 잡았다.

한 발 한 발 가볍게 발걸음을 옮기며 산의 정령들께 기도를 올렸다. '부디 허락하여 주소서, 무사히 정상까지 가는 길을 열어주소서.' 언제부터인가 산을 오를 때면 산의 신께 기도를 드리게 되었다. 영험한 기운과 전설이 깃든 산길을 걸으며 신의 허락을 구하는 마음이 자연에 대한 최소한의 경배라 믿었다. 그만큼 한라산은 오르는 사람들과 산재한 자연 풍광을 하나로 만들어준다. 더구나 겸허함까지 일깨워주는 신령함도 계곡마다 도사리고 있다.

한라산은 화산회토로 구성되어 있어 빗물이 쉽게 스며드는 특성이 있다. 제주도는 아무리 비가 많이 내려도 홍수가 나지 않는다. 한라산에서 시작되는 대부분의 골짜기와 계곡은 평소엔 물이 흐르지 않는 건천乾川으로 되어 있다. 하지만 탐라계곡, Y계곡, 효돈천, 산벌른내계곡 등은 장마철에 폭우가 내리면 물이 불어 사람이 지나지 못할 정도로 급류를 이룬다. 이러한 지형적 특징은 한반도의 어느 곳에서도 찾아볼 수 없는 독특한 경관을 만들어낸다. 특히 백여 차례 이상 일어난 화산 활동으로 한라산에는 '오름'이란 기생화산이 형성되었다. 백록담을 중심으로 서북쪽으로 장구목, 윗세오름, 어승생악, 망체오름, 큰두레왓, 삼각봉, 동쪽으로는 사라오름, 흙붉은오름, 돌오름, 성널오름 등이 빙 둘러싸고 있어 이국적 풍경을 보여준다.

앞사람의 등을 보며 뒤질세라 부지런히 따라 걸었다. 가끔씩 맵찬 바람이 나뭇가지와 키 작은 풀들을 흔들며 앞장서서 달아났다. 12월의 고추바람이 울긋불긋 등산복 입은 사람들을 시샘하려는 듯, '휘릭 휘릭' 소리를 내며 심술을 부린다. 사람들은 높은 산을 오르기 위해 단단히 채비를 했다. 등산복과 등산화에 어울리는 모자를 썼고, 장갑을 낀 채, 스틱을 들었다. 완벽한 준비를 하며 맞이한 여정이 인생길이라면 실수와 후회 따위는 존재하지 않을 터다. 묵묵히 산을 오르는 앞사람의 배낭 무게가 갑자기 쌀 한 가마 무게로 어깨를 짓눌렀다. 남의 배낭 무게와 내 짐 무게가 몸을 휘청거리게 만든다. 어깨에 매달린 배낭이 내 삶의 무게 전부라면 얼마나 좋을까.

거칠어진 숨소리와 함께 배낭의 무게가 허리를 압박하고 두 다리까지 무겁게 만든다. 자꾸 혼란스러워진다. 미련없이 벗어놓고 싶었다. 배낭만 내려놓으면 사뿐사뿐 산을 오를 수 있을까. 스스로에게 던진 의문에 고개는 도리질치고 만다. 정상을 향해 시작한 행보를 늦추고 싶지 않다는 욕심이 솟구친다. 지금 못 오르면 한라산은 영영 내게서 멀어질지도 모른다. 신의 정령들도 다시는 내게 눈길을 주지 않을지도 모른다.

옆의 그 무엇도 눈에 들어오지 않았다. 100m의 거리가 이렇게 멀고 힘들었던가. 가쁜 숨소리가 턱을 막는다. 이제 발끝만 보며 걸음을 옮긴다. 가도 가도 끝이 보이질 않아 돌아서고 싶은 충동에 또다시 휩싸일 즈음이다. 진달래밭대피소 이정표가 반갑게 다가왔다. 이곳을 12시 전에 통과해야 했다. 새벽에 성판악을 출발한 지 다섯 시간이 훨씬 지났다. 그래도 시간적인 여유가 생겨 '다행이다' 외치며 홀가분한 마음으로 정상을 향한다. 여기까지 해냈으니 나머지 코스는 문제 없겠지. 스스로를 달래며 주변을 훑어봤다. 손이 시렸다. 갑자기 눈발이 날린다. 오늘 날씨 '맑음'을 확인했지만, 지금은 먹구름이 먼저였다.

하루에 봄, 여름, 가을, 겨울을 보이기도 하는 신비롭고 순수한 모습이 본래의 자연이던가. 정상에 근접할수록 날씨는 변덕을 부린다. 걸음을 빨리할 수 없는데 몸은 급하다고 자꾸 신호를 보내온다. 앞서가던 한 가족 중 딸아이가 그만 하산하자며 칭얼거렸다. 도란도란 격려하는 엄마의 목소리도 얼어붙었다. 높은 절벽과 깎아놓은 듯한 비탈 사이로 진달래군락과 구상나무군락이 시야를 어지럽혔다. 눈 덮인 백록담을 상상하며 고사된 지 오래된 구상나무 가지에 피어나기 시작한 눈꽃을 바라본다. 눈 속에 잠긴 한라산을 배경으로 드넓게 펼쳐진 설원 속 나를 상상한다. 하지만 현실 앞에 놓인 계단은 천국과 지옥을 노래했다.

한 발 한 발 옮길 때마다 옷깃을 여민다. 이제 곧 한라산은 '겨울왕국'의 풍광을 자랑할 시기이다. 검은 현무암과 푸른 상록수, 붉은 마가목 열매 위에 살포시 내려앉아 쌓일 하얀 눈송이는 설산의 절경을 뽐낼지 모른다. 이미 정상을 덮고 있던 흰 눈 위에 또 눈이 내려 쌓이면 여린 나뭇가지는 그 무게를 이기지 못해 부러질지 모른다. 바람보다 강한 힘과 무게를 지닌 눈송이다. 사람들 삶도 타협을 모르는 강한 성품이면 금세 꺾일지 모른다는 이치를 새삼 깨달았다.

드디어 정상 도착. 환호성을 지르는 사람들의 얼굴이 여기저기에서 빛났다. 그들이 맛본 성취감은 인생살이에 희망찬 획을 그어놓을 일이다. 서로 마주하며 웃는 얼굴 사이로 솜털 같은 함박눈이 둥실둥실 춤사위를 펼쳤다.

온 세상을 평화롭게 만들려는 듯, 눈송이는 나뭇가지마다 순백의 상고대를 만들어놓았다. 그 속에서 사람들은 백록담의 고요한 정취에 넋을 빼앗기고 있었다.

낭만을 유혹하다

벼르고 벼르던 일이다.

언제부터인가 상상의 나래를 펼치기 시작했다. 제주의 아름다운 바닷가를 한 바퀴 돌고 싶다는 꿈이었다. 계절 상관없이 캠핑카를 타고 에메랄드빛 바다와 노을을 보며 낭만에 젖어보고 싶었다.

우연치 않게 캠핑카를 타볼 행운이 찾아왔다. 그는 작은 1톤 포터를 개조해 캠핑카로 만든 후 전국을 돌며 여행 중이었다. 마지막 여정은 제주도 일주였다. 그동안 혼자 여행에 익숙해진 그는, 차 한 대의 여유로 세상 부러울 일이 없었다. 불혹을 넘기도록 결혼도 하지 않았다. 여행의 매력에 빠져 사는 그가 내심 부러웠다. 그의 캠핑카에는 일체의 도구가 겸비되어 있었다. 태양광 전열판을 이용해 에어컨, 냉장고, 전기밥솥, 전자레인지, 커피포트 등 간편한 전열기구 사용도

가능했다. 전기장판까지 준비해 가지고 다니니 겨울밤 혹한도 문제되지 않을 듯싶었다. 움직이는 이동주택과 마찬가지인 전천후 차량에 은근히 욕심이 생겼다.

"저는 집이 필요 없어요. 계절별로 옷 바꿀 때만 들러요."

누가 들어도 부러운 말이며, 한번쯤 꿈꾸던 인생 목표 아니던가. 환하게 웃는 그의 얼굴에 행복이 넘쳐났다.

"너무 좋은 장소에 혼자 있으면 외롭지 않아요?"

여행은 혼자일 수 없어 외롭지 않다는 대답이 되돌아왔다. 고정관념의 틀을 벗어나지 못한 난 '늙었다' 싶은 자책이 슬그머니 밀려왔다. 그랬다. 여행이란 떠날 때는 혼자이지만, 어느 곳을 가던 동행을 만날 수 있지 않던가. 함께할 수 있는 그들이 있어 외롭지 않은 길이 또한 여행이었다. 여행을 떠나는데 나이가 무슨 소용일까. '생각 바꾸기'를 한 후 도전해야지. 용솟음치는 다짐이 그의 웃음소리에 살며시 스며들었다.

섬은 오늘도 파도와 수평선으로 여행객들을 유혹했다. 해안가 모래사장은 온통 원색으로 뒤덮였다. 원색이 지닌 힘은 강렬함이다. 하늘과 바다와 햇볕 사이에서 다양한 색상의 텐트들 혹은 수영복 차림의 사람들은 빨강, 파랑, 노랑으로는 부족해 보였다. 파스텔의 은은함은 더욱 아니었다. 도심 속 아파트가 똑같은 모양을 지니고 있다면, 한여름 해변가는 독특한 형태의 텐트들이 알록달록 뽐내기를 하느라 정신없다.

어린아이들과 모래놀이를 하고 있는 부부들은 다른 일 따위엔 관심을 보이지 않는다. 오로지 자녀들의 손동작 발동작에 키높이를 맞추느라 안간힘쓰고 있다. 젊은이들은 삼삼오오 짝을 지어 물놀이를 하거나 사진 찍기에 여념이 없다. 다정하게 어깨동무를 했거나 팔짱을 낀 채 모래사장에서 깔깔대는 연인들 모습은 한 폭의 수채화다. 서핑보드에 매달려 온몸을 사수하는 체험객들의 환호성 또한 바다가 만들어내는 풍요로움이다.

여름 바다는 늘 낭만이 흘러넘쳤다. 멀리 수평선만 바라봐도 지쳤던 하루 일상이 눈 녹듯 사라진다. 해 질 무렵 구름과 바다를 물들이던 노을이 뿜어내는 어울림은 설렘의 대명사로 충분하다. 바다에 어둠이 내리면 갈치와 한치를 잡으려는 어선들의 집어등 행렬과 네온사인 불빛이 낯선 이들을 부추긴다.

젊은이들뿐 아니라 너 나 없이 분위기에 젖어 생각도 시간도 잊어버린다. 하염없이 노을 내리는 바다를 바라보면 마음은 고요해진다. 파도 일렁이는 등대만 봐도 근심 걱정은 사라지고 온몸은 감미로움에 빠지게 된다. 물장구를 치며 튕겨 올라오는 숭어 떼만 봐도 세상을 얻은 듯 느긋해졌다. 그리워할 사람, 그리워해야 할 사람 모두가 아스라이 수평선 너머에서 손짓할 듯 다가와 사랑을 나눠준다. 느슨한 평화로움에 젖어드는 순간이다.

신천항에 있는 정자 앞에 캠핑카를 세웠다. 텐트를 캠핑카

뒤꽁무니에 덧대어 그늘막을 세웠다. 깔판이 없어도 좋았다. 잔디밭 위에 야외 테이블을 펴고, 보조의자를 펼쳐놓는 일만으로도 주변은 푸근하고 안락해졌다. 느긋하게 보조의자에 몸을 누이며 바다를 바라봤다. 바다는 항상 제자리에서 밀려왔다 밀려갔다 파도를 만들어냈다. 물보라를 일으키며 바위에 와 부딪히는 하얀 포말은 은근히 사람들 시선을 자극했다.

"자, 자, 오늘 메뉴 바비큐입니다."

그의 청량한 목소리가 주위를 울렸다. 캠핑을 하며 구워먹는 삼겹살 맛이 궁금하기도 전에 입안에서는 군침이 먼저 돌았다. 부지런히 먹거리를 준비하며 그는 즐거워 죽겠다는 표정을 짓는다. 캠핑을 하며 자신이 먹기 위해서가 아니라 남에게 먹여주기 위해 준비하는 순간이 항상 즐겁다고 했다. 그의 긍정론은 삭막한 현대사회에 내리는 단비처럼 맑고 청아한 소리로 들렸다. 바쁘게 경쟁만 하며 살아왔던 그가 모든 일을 정리하고 여행을 선택했을 때, 주변에서는 비웃었다고 했다. 그는 캠핑카에 온갖 필수품을 싣고 다니며 유랑생활을 하면서 주변 분들에게 베풀 일이 더 많아져 뿌듯하다고 했다. 쑥스러운 듯 터뜨린 너털웃음이 바위에 부딪치는 순간 파도에 쓸려 사라졌다. 여행을 하며 익히고 배운 점이 상대방에 대한 '배려'라고 하니 절로 고개가 끄덕여졌다. 고기를 구워주며 대접하는 일에서 즐거움을 찾고 있으니 마음이 넉넉해짐은 당연지사다.

바비큐 그릴 속 숯불이 아닌 휴대용 가스버너 위에 프라이팬을 놓고 요리를 한다. 고기 익어가는 소리가 예전과 달리 지글지글 맛나게 들렸다. 야외 잔디에 텐트 치고, 바다를 바라보며 바비큐 해먹는 분위기를 부러워하지 않을 사람이 있을까. 누가 먼저 말할 사이도 없이 빠른 동작으로 젓가락질을 했다. 배가 고프지 않았어도 고기를 씹어먹느라 볼이 미어졌다. 진수성찬이 아니라도 식사는 맛있고, 훌륭했다. 준비한 와인을 따랐다. 붉은 액체에 섞여 감도는 감성은 이미 심장을 울리고도 남았다. 그때, 선선한 바다 바람과 파도 소리에 섞여 기타 선율이 들려왔다. 고기 굽는 냄새와 와인의 촉촉한 기운과 음악이 오브제로 흔들렸다. 세상 부러울 일 없는 만찬이다.

어느덧 해안가에 어둠이 내리기 시작했다. 오래도록 음식을 앞에 놓고 와인 색과 미각에 빠져 삶을 음미하며 떠들고 있을 때였다. 밤의 정령들이 스멀스멀 기어들어왔다. 멀리 수평선에는 고깃배에 걸린 집어등 불빛이 환하게 선을 만들었다. 별이 뜬다. 캠핑카에도 네온 등을 밝혔다. 어두워질수록 빛을 밝히는 별 속에서 오늘의 나를 찾아본다. 환하게 등대 불빛이 길을 밝혀주는 제주에서 또 다른 하루가 설렘으로 반짝였다.

신천항으로 꽃 보러 올레?

사계절 꽃이 피어 있는 벽화마을.

신천서로를 시작으로 집집마다 담에는 울긋불긋 꽃이 피어 있다. '꽃마을에 오신 걸 환영합니다'. 신천리 사무실 벽에는 보라색 바탕에 빨간 색, 파란 색, 노란 색, 연두색, 하얀 색 꽃송이가 반갑게 손을 흔들고 있다. 꽃잔치 준비를 단단히 한 듯, 화려하고 눈부시다. 이곳에서는 낙화란 기대할 수 없다. 오로지 활짝 핀 꽃 이파리들이 생生의 정점에서 맞이하는 환희만 있을 뿐이다.

제주올레 3길을 끼고 있는 신천리에 정착한 지 어느새 서너 해가 흘렀다. 그동안 마을 구석구석을 산책하며 왜 벽화를 그렸는지 궁금했다. 항구가 있는 바닷가 마을에 꽃그림이 생뚱맞아 보이기도 했다. 꽃과 바다는 사뭇 이색적이다. 서로 어울리지 않는 조합 같지만, 찰떡처럼 우리 마을 사람들

생활 속에 익숙해져버렸다. 꽃길 조성을 위한 부녀회원들의 따뜻한 마음 또한 남다르다. 거친 바다에서 물질하며 사는 고단하고 위험한 일상이 대부분인 그녀들이다. 그러한 삶 속에서 정서적 위안을 느낄 수 있는 유일한 취미 생활이랄까. 너도나도 꽃 심는 날이면 앞장을 선다. 사계절 꽃이 필 수 있는 기후를 지닌 제주도 아니던가. 쾌적한 환경은 제주도를 찾는 이들 누구나 누리고 즐길 수 있다.

신천리 입구에 들어서면 집 앞이나 마을 공터나 후미진 곳이나 계절마다 앞다투어 꽃이 핀다. 이른 봄 붉은 동백을 시작으로 제주 토종 하얀 수선화가 수줍게 피어난다. 수선화가 질 무렵이면 벚꽃과 함께 싸리꽃과 조팝꽃과 유채가 흐드러지게 골목길과 지방도를 장식한다. 벚꽃과 유채가 지고 나면 농장마다 감귤나무에 하얀 꽃이 피어난다. 감귤 꽃에 취해 머리가 혼미해질 즈음이면 데이지와 치자 꽃이 바람결 따라 향기를 풍긴다.

수국이 자태를 드러낼 유월이면 메밀꽃과 낮달맞이꽃이 코끝을 간지럽힌다. 수국이 지고 나면 여름꽃들이 더위도 잊은 채 뽐내기를 한다. 메밀꽃, 메리골드, 가자리아, 칸나, 나도샤프란, 맥문동, 무궁화, 해바라기, 바늘꽃도 지나는 이들의 눈을 황홀하게 만들어준다. 바닷가에서 모진 바람을 맞고 견디고 있는 범부채와 순비기와 참나리와 해국 등 헤아릴 수 없는 꽃들이 저마다 제자리에서 꿋꿋하게 자기 터를 지켜내고 있다.

제주토종부터 외래종까지 꽃이라는 이유만으로 모두가 포용하고 합일을 일구는 순간이다. 이렇게 많은 꽃들이 제자리에 버티고 있어 관광객 또한 제주도를 찾아와 즐기는 이유가 된다. 요즘처럼 코로나19가 전 세계를 혼란에 빠뜨리고 있어도 제주도는 바다이고 섬이다보니 마음의 여유를 잃지 않고 즐길 수 있는 좋은 장소가 되었다.

섬에는 제주 토박이보다 육지에서 이주해온 사람들이 늘어나고 있다. 사람뿐 아니라 꽃들도 마찬가지이다. 토종보다 외래종 씨앗이 바람에 날려와 태풍까지 견디며 면역력이 생겨 더욱 강하게 정착하고 있다. 고요하고 정적이던 섬에 이색 문화가 생기는 만큼 꽃들도 더불어 살아가려 시샘을 부린다. 부러움의 대상은 사소하고 작은 꿈조차 그냥 지나쳐버리기 일쑤다. 그래도 마을 공동작업인 꽃 심기에 빠지는 이 한 명 없으니 '마음의 풍요'란 가르치고 배우고 강요하는 일이 아닌 듯하다.

접시꽃이 활짝 폈다. 단순, 편안, 다산, 풍요란 꽃말을 지닌 접시꽃은 더운 날, 마을 안팎의 담벼락을 씩씩하게 지켜주고 있다. 시골 동네 입구를 진분홍과 하양의 홑꽃과 겹꽃이 버티고 서서 보는 이들의 눈을 즐겁게 해준다. 마치 외갓집 찾아온 손님을 맞이하듯 정겹다. 마을 할망들이 특히 좋아하는 접시꽃은 길가나 담장 안쪽과 바깥쪽 가리지 않고 잘 적응하며 꽃을 피운다. 한번 심어놓으면 저절로 번식하고 줄기와 잎과 뿌리는 한약재로도 사용된다. 작은 씨앗 하나 버릴 게 없는 꽃이다. 사람도 접시꽃처럼 어디에서든 모두에게 필요한 인재가 될 수 있다면 얼마나 좋을까. 괜스레 부질없는 생각이 머리를 채웠다.

아주 오래 전, 꽃나라 왕국 화왕이 자신의 궁궐에 멋진 화원을 만들기 위해 세상 어디든 존재하는 모든 꽃들에게 모이도록 명령했다. 절호의 기회로 여긴 꽃들은 화왕의 명령을 받아 서둘러 떠났다. 그 중에 접시꽃은 서천꽃밭 관리자인 꽃감관이 옥황상제의 명령으로 잠시 자리를 비우고 있어 그를 기다려야 했다. 꽃감관이 돌아와보니 자신이 정성들여 돌봐주고 키웠던 꽃들이 모두 떠나버리고 없었다. 낙심하며 배신감으로 마음 아파하고 있을 때, 텅 빈 화원 한 귀퉁이에 우뚝 남아 있는 접시꽃을 발견했다.

"너는 왜 떠나지 않았느냐?"

"제가 떠나면 꽃감관님 집을 누가 지키겠어요?"

그때부터 접시꽃은 집 앞 대문을 지키는 꽃으로 심어져 단순하게, 편안하게, 다산을 꿈꾸며, 풍요를 빌어주고 있다고 한다.

골목을 따라 꽃길을 걸어나가면 바다가 보인다. 바다는 하얗게 물보라를 일으키며 끊임없이 성냄과 부드러움으로 파도와 수평선을 만들었다. 파도는 크고 작은 검은 여에 부딪혀도, 작은 모래알에 부딪혀도 제 할 일에 여념이 없다. 바다가 물을 안고 물을 버리지 못하듯, 파도 또한 매 순간 물거품을 만들기에 분주하다. 꽃길을 지나 도착하는 작은 항구. 신천항에 모여 사는 사람들은 그렇게 꽃처럼 밝고 맑은 심성을 지닌 채, 날마다 수평선 너머 희망을 그리며 바다와 살고 있다.

용궁 올레에 머물다

용궁올레길.

그곳에는 '칼선도리'라 불리는 바위덩이가 불쑥 솟아 있다. 옆에는 '고망난 돌'로 알려진 '창곰돌'이 버티고 있다. 칼날이 하늘을 찌를 듯 곧추선 모양새인 '칼선도리'는 제주도 무속의 신점神占에 등장하는 신칼점 중 가장 나쁜 점괘 이름을 그대로 따왔다. '창곰돌'은 인간의 범접을 막기 위해 남해용궁 수문장이 경계를 서는 용궁 입구다. '창곰돌'이란 말도 '창구멍을 낸 돌'이라는 뜻으로, 파수를 서는 망루와 같은 곳이다. 주변에 드문드문 널려 있는 돌방석은 고인돌이다.

올레 3코스 끝자락에 위치한 '비욘드 북 카페' 근처에는 신천목장과 신풍목장이 자리하고 있다. 예전에는 마을 공동 마장이었던 장소가 세월이 흐르며 개인 소유 목장으로 변했다. 제주에 올레길이 생길 무렵, 개인 소유지였던 신천목장은 사람들이 걸어서 통과할 수 있는 별천지가 되었다. 신천목장 해안에는 용궁으로 들어가는 대문이라 불리던 '용궁올레'가 바다 속 깊은 곳까지 길게 숨어 있다.

목장 근처는 수심이 깊고, 물살이 매우 빠르다. 그 앞을 남해용궁으로 들어가는 길목이라 여긴 마을 주민들은 신성한 장소로 생각했다. 해녀들도 물질을 꺼려하며 접근을 금기시해왔다. 세월이 흐른 지금은 웨딩 촬영 장소로 더 잘 알려져 있다. 비욘드를 찾는 손님들에게도 반드시 추천하는 우리 동네 명소다. 새벽 일출 감상도 한몫하지만 거센 바닷바람을 온몸으로 맞으며 질긴 생명력을 과시하는 수선화나 해국의 군락지로도 일품이다. 또한 칼선도리를 중심으로 목장 밑으로는 동굴 여러 개가 끝도 없이 자리하고 있다.

미천굴까지 통한다는 동굴 속 깊이와 길이는 알 수가 없다. 화산 폭발로 이루어진 섬의 특성상 해안가와 현무암과 동굴은 삼위일체를 이루기에 충분한 자랑거리다. 신풍리는 한라산 쪽으로 뻗쳐 있는 대신 해안선이 짧다. 신천리는 해안지대가 넓게 형성되어 있어 목장을 마련하기 쉬웠다.

원나라는 고려 원종 14년(1273년)에 삼별초군을 평정하고 제주도를 직할령으로 삼았다. 그런 후 3년 뒤 몽고 말 160여 필을 가져다 여기서 가까운 수산평에 목마장을 설치했다. 그 연유로 신천목장은 여름엔 한우를 방목하고, 겨울엔 감귤껍질을 건조하는 진풍경을 연출하곤 한다. 초원과 바다가 맞닿은 아름다운 곳에 전해 내려오는 용궁올레 전설은 그래서 더욱 호기심을 자극했다.

해녀들의 입에서 입으로 전해진 '송씨 해녀'의 물질솜씨는 어느 누구보다 뛰어났다. 그녀는 물길에 능하고 용감해 해녀들이 제일 무서워하던 용궁올레에서 자주 물질을 하곤 했다. 그날도 용궁올레에서 깊숙한 바위틈에 붙어 있는 커다란 전복을 발견하고 서슴없이 다가가 빗창을 꽂았다. 순간 물속에서 커다란 광채가 터져나왔고, 그녀는 놀라 정신을 잃고 말았다. 시간이 흘러 깨어나 사방을 두리번거리는 그녀 앞에 하얀 강아지 한 마리가 나타났다. 강아지는 마치 쫓아오라는 듯 꼬리를 흔들었다. 그녀가 강아지를 따라 들어간 곳은 남해용궁 입구였다.

용궁의 황홀경에 넋이 나간 그녀 앞에 이번에는 선녀처럼 아리따운 여인이 나타났다. 여인은 인간이 올 수 없는 곳에 나타난 송씨를 보고 깜짝 놀라며 어서 뭍으로 달아나라고 충고했다. 그제야 이곳이 어딘지 알게 된 송씨는 그녀가 가르쳐준 길을 따라 헤엄쳐나오기 시작했다. 뭍에 거의 다 왔다고 여긴 송씨는 아름다웠던 용궁 모습을 떨칠 수 없었다. 그녀는 용궁을 떠나올 때 절대 뒤돌아보지 말라는 여인의 신신당부를 어기고 말았다.

송씨가 고개를 돌려 용궁을 바라볼 때였다. 물속은 칠흑처럼 변해 어두워졌다. 어느새 쫓아온 남해용궁 수문장은 시퍼린 칼날을 겨누며 앞을 가로막았다. 어떻게 이곳에 들어왔느냐는 수문장의 문초는 살벌했다. 송씨는 나이든 부모를 봉양해야 하는데, 자기가 죽고 나면 돌볼 사람이 없다며 제발 살려달라고 싹싹 빌었다. 눈물을 흘리며 애원하는 그녀의 효심에 탄복했는지 수문장은 칼을 거두며 어서 나가라고 소리쳤다. 죽을 곳에서 구사일생으로 살아나온 그녀가 뭍에 발을 디디며 안도의 한숨을 내쉬는 순간이었다. 바닷가에 무시무시한 소용돌이가 일었다. 동시에 예전에 볼 수 없었던 칼날 같은 바위가 하늘을 찌를 듯 솟아올랐다. 다시는 어떤 인간도 들어와선 안 된다는 수문장의 무서운 경고였다. 칼을 거꾸로 세워놓았으니 신의 경계에 봉인이 이루어진 셈이다.

오늘도 신천마장 해안가에는 남해용궁 수문장의 칼날인 '칼선도리'와 그가 파수를 서는 '창곰돌'과 짙푸른 물살로 일렁이는 '용궁올레'가 올레꾼들의 눈길을 사로잡고 있다. 인간세상과 바다 속을 잇는 '용궁올레' 전설에는 미지에 대한 동경과 희망과 꿈이 도사리고 있어 새록새록 신비감을 더해준다.

제주살이를 하며 마을마다 깃들여 있는 전설에 귀기울이다보면 묘한 매력에 빠져들게 된다. 우리 마을 대표 해안가인 신천목장에서 일출에 환호할 때마다 수평선의 마력에 감정을 주체할 수 없다. 그 순간보다 더 확고한 사실은 서귀포 마을마다 해녀들 물질을 위한 바당올레가 있다는 점이다. 그 길을 볼 때마다 '용궁올레'라는 명칭을 붙여 관광지화해보고 싶은 충동이 일곤 했다. 섬에는 이미 '제주올레길'이 있어 많은 이들이 즐겨 찾고 있지 않던가. 해녀들이 물질을 위해 바다로 진입하는 바닷길을 '용궁올레'로 만들어놓는다면 서귀포를 찾는 관광객들에게 또 다른 이색체험을 느끼게 할 수 있지 않을까.

용궁이 주는 환상은 그래서 늘 전설 속에 묻혀 동화 같은 신비로움과 안온함을 신천리에 안겨주고 있다.

제2장

물숨의 약속

물숨의 약속

할망이 웃었다.

웃을 때마다 주름진 얼굴이 일그러졌다. 미소를 보일수록 검게 그을린 눈가가 자꾸 쪼글쪼글 구겨졌다. 친구를 만나러 가야 하는데 머리가 아프다며 주저앉았다.

"두통약 '뇌선' 좀 사다줍써."

"진료소에서 받아온 약 다 드셨어요?"

늘, 그녀는 두통약을 넉넉하게 지니고 있길 원했다. 테왁과 망사리가 해녀에게 가장 소중한 물건이듯, 언제부터인지 머리 아플 때 먹는 약은 필수품이 되었다.

그녀의 일터인 바다는 언제나 정직했다. 바람이 일면 물살은 거세진다. 하얗게 포말을 만들어내던 파도조차 쉼 없이 제 몸 던지는 일에 익숙했다. 해녀들이 물속에서 숨을 참으며 작업하는 일도 파도가 일궈낸 물보라와 닮았다. 끊임없이 밀려갔다 밀려오는 동작은 그날의 수확량과 비례했다. 매 순간 숨을 참는 일은 삶과 죽음의 경계를 터득하는 원초적 행위였다. 망사리 가득 채우기 위해 욕심부리면 물숨을 돌리지 못해 사고를 당하고 만다. 그들에게 적당한 양이란 해류로 너울대는 해초 속을 살피다 수압과 물숨까지 견뎌낼 줄 아는 인내심만큼이다. 테왁을 부표 삼아 저승길 드나들며 숨비소리를 만들어내던 해녀들의 일상이 물비린내를 풍긴다.

그녀들은 최초의 직업여성으로 바다만 믿고 살아왔다. 맞벌이를 하기 위해 남녀 모두 취업을 목표로 공부에 몰두하는 요즘과 비교하면 제주도 상황은 많이 달랐다. 제주도는 논농사도 힘들고, 밭농사도 힘들었다. 예전부터 화산 돌로 가득한 섬에서 가정 경제를 꾸려가기 위해 여성들이 앞장섰다. 그녀들은 바다를 상대로 물질을 해 돈도 벌었다. 고려시대부터 제주 해녀는 남편보다 집안의 가장 역할을 하며 가정경제를 책임져오고 있지 않던가.

할망의 일상은 어려서부터 제주 바당에서 어머니 일을 도우며 시작되었다. 물질나간 어머니 대신 동생을 업고 바닷가를 서성거리며 짬짬이 소중기를 재단했다. 옆트임을 만들어 여유 있게 늘렸다 줄였다 품 조절도 가능하게 했다. 입고 벗기 편했던 소중기는 물질할 때 꼭 필요한 옷이었다. 한 땀 한 땀 바느질을 배우며 저승에서 돈 벌어 이승에서 쓰게 될 줄 어찌 알았겠는가. 소중기는 전문 해녀복이 없던 시절부터 전천후 작업복으로 실용성을 갖추었다. 이웃 여자들 모두 소중기를 입고 바다로 뛰어들어 돈을 벌어왔다. 자신도 그들처럼 해야 하는 줄 알고 시작한 물질이었다.

일 년 내내 공기통 없이 숨을 참고 10m 이상의 해저로 들어갔다. 일 분 내지는 이 분 여 동안 전복과 뿔소라, 해삼, 미역, 톳 등을 채취했다. 운이 좋으면 하루에 감태 몇 십 킬로그램도 건져올렸다. 가사도 돌보며 틈틈이 맨몸으로 일하던 여자 벌이로는 쏠쏠한 편이었다.

무명이나 광목으로 만들어 입던 소중기의 시대는 갔다. 1970년대 고무옷이 나오면서 해녀들은 효과적인 물질을 위해 10kg 정도 되는 납덩어리를 등과 허리에 차고 물속으로 들어가야 했다. 물의 저항을 덜 받는 소중기에 비해 고무로 만든 잠수복은 부력이 발생해 물속에서 잠수하기가 너무 힘들었다. 빗창 하나 손목에 걸고 시시각각 요동치던 바다에서 바위틈에 끼어 목숨을 잃거나 다치는 경우도 다반사였다. 수압에 의한 편두통은 살아가는 내내 고질병이 되었다.

속절없는 시간 속에서 할망은 함께 물질하며 이웃으로 지내던 친구의 제삿날도 달력에 표시해놓고 살아왔다.

“그런데, 해녀들은 왜 산소통 없이 바다에 들어갔어요?”

질문을 하는 순간, 할망의 표정이 일그러지며 눈살을 찌푸렸다.

“그거 오래된 약속이주. 바당도 살고 우리도 살고.”

잠수부와 스쿠버다이버들이 활개치는 AI시대에 오로지 오리발과 물안경과 테왁에만 의지해 바다로 뛰어들었다. 수확이 저조할 듯싶은 작업 방식은 해산물의 씨를 말리지 않기 위해 예부터 묵언으로 이어온 약속이었다. 학교에 다니지 못했어도 다음 세대들을 위해 바다를 지켜온 순수한 마음의 표현이었다. 멋진 잠수복과 훌륭한 잠수 장비를 그녀들이 갖출 줄 몰라서가 아니었다. 자신의 숨을 참을 수 있는 시간만큼 건져올리던 작업량이 생태계를 보존하고 내일을 기약하는 행동으로 지켜졌다. 일천 년 세월 동안 가족 생계를 책임지며 가사를 감당해온 저력이 바로 이런 배려심 때문이었을까. 자라나는 후손을 위해 자연환경에 순응하며 살아온 순박함이 울컥 가슴을 때렸다.

오랜 세월 그녀들은 할머니의 할머니, 어머니의 어머니와 약속을 지키기 위해 열심히 자연 친화적인 방법으로 바다를 사랑한 죄밖에 없다. 날마다 잠수병에 시달리며, 현재를 지키고 아주 먼 미래를 위해 문명의 이기를 무관심하게 참아온 삶이 아름답게 빛나야 하지 않을까. 제주 해녀문화가 세계문화유산으로 지정될 수 있었던 이유도 산소통 없이 물질을 일삼기 때문이다. 더구나 바다 속에서는 단독으로 작업할 수 없었다. 아무리 숨을 오래 참을 수 있어도 공동체 작업이 아니면 해낼 수 없는 일이 물질이었다. 함께 들어가 서로 도와주고 도움을 받아야 빗창도 쓰기 편했고, 위험도 줄일 수 있었다.

섬에서 살아가는 여인네들이 억척을 부릴 수밖에 없었던 원인도 간단했다. 육지에서처럼 공산품이나 먹거리 유통이 제주도에서는 원활하지 못했기 때문이다. 바다 자원도 자연 기후에 따라 생산량이 일정할 수 없었다. 태풍이나 해일이 오면 바다 속은 뒤집어진다. 요동치던 파도가 잠잠해지면 바다는 온화한 성인의 모습으로 모든 걸 받아들인다. 그때가 되면, 다시 원래 상태의 평정이 해녀들을 유혹했다. 그렇게 당신 살아 있는 내내 바다로 출근하는 직장인이었던 그녀들의 약속은 오늘도 지켜지고 있다.

하지만 해를 거듭할수록 잠수병으로 생을 마감한 친구들이 지켜온 물숨의 약속은 할망 추억 속에 그리움만 쌓아놓고 있지 않을까.

가파도에 핀 사랑 그림자

하심下心.

마음을 내려놓고 살아요. 그녀의 첫마디였다. 일흔셋의 그녀는 짧은 파마머리가 잘 어울렸다. 벌써 육십 년이 흘렀네요. 작은 입이 움직일 때마다 그녀의 눈가가 촉촉하게 젖어들었다. 이제는 부처님만 의지하며 살아요. 쑥스럽게 마주 잡고 있는 두 손이 마른 장작개비 마냥 투박하게 움직였다. 저 손으로 온갖 궂은일 마다않고 오늘까지 이 자리를 지켜왔겠지.

가파도에 한겨울 맵찬 바람이 휘몰아쳤다. 바다에서부터 불어오던 바람은 물보라를 일으키며 파도도 출렁이게 만들었다. 젊은 시절 그녀의 가슴에 몰아친 회오리는 마라도에서 가파도까지 커다란 구멍을 뚫어놓았다. 그 바람은 구석구석 미련을 남기며 떠나지 못해 작은 몸뚱이에 웅크리고 앉아 몇 십 년을 함께해온 그리움이 되었다.

그녀의 나이 열세 살. 수줍음도 부끄러움도 청보리 사이에서 숨바꼭질하던 철없는 때였다. 우연한 기회에 육지 남자와 펜팔을 하게 되었다. 휴대폰과 컴퓨터가 일상이 되어버린 요즘과 달리, 집집마다 전화도 없던 시절, 소통수단은 손으로 쓰는 편지밖에 없었다. 가파도 소녀와 육지 청년과의 펜팔은 금세 온 섬에 퍼져 화젯거리였다.

오 년 동안 나누던 편지의 내용이 궁금할 필요도 없었다. 수시로 육지를 나갈 수 없던 섬마을에서 편지 한 통 한 통의 사연은 사춘기 소녀에게 설렘과 아련함을 안겨주었다. 연락선이 올 때마다 기다리던 편지는 가보지 못한 도시에 대해 동경만 쌓아놓았다. 어느덧 처녀로 자라버린 소녀에게 얼굴도 못 본 남자와 나눴던 편지는 결혼과 혼담에 흠이 되어버렸다. 요즘은 잠깐 만났다 헤어지는 연인 사이가 흉도 아닌 시절로 변했다. 1960년대쯤 가파도 처녀의 순박한 마음속에는 "나는 그런 여자 아니에요"가 요동쳤을 일이다.

그녀는 시집 갈 경우를 대비해 육지 청년과의 펜팔을 끊어야 했다. 현세에서 이루어질 수 없는 전생의 인연이었을까. 편지를 주고받던 그 남자는 가파도 여행을 오는 친구들 편으로 소식만 종종 전해올 뿐 사진 한 번 보여주지 않았다. 소문은 마을 사람들 입을 통해 '애인 있는 여자' 사연만 만들어 놓았다. 차일피일하던 그녀는 가슴에 남은 미련을 끌어안은 채, 결혼 적령기를 놓쳐버렸다. 그녀의 일상은 혼자 나무배를 타고 가파도에서 모슬포항까지 생선을 내다파는 일이었다. 해녀로서 물질도 마다하지 않았다. 하루하루 육지 소식을 잊고 열심히 육체노동으로 생계를 해결했다.

그러던 어느 날, 우연한 기회에 가족 친지도 없이 홀로 요양차 가파도에 들어와 살던 남자를 알게 되었다. 시간이 흐를수록 폐병을 앓던 가난한 남자가 자신의 천생배필天生配匹이란 생각이 들었다. 아무도 넘보지 않는 그의 인생을 흠 있는 자신이 구제해줄 수 있다고 믿었다. 혼기를 넘겨버린 자신이 그와 살면서 병을 고쳐줄 수 있다는 믿음도 생겼다. 집안의 반대를 무릅쓰고 결혼했으니 생활고를 이겨내려면 가장 역할을 도맡아야 했다. 딸 둘과 아들을 낳고 살 무렵 육지에서 편지가 왔다. 예전에 마음으로 그리워만 하던 청년이었다. 그도 결혼해 한 가정의 가장이 되어 살고 있었다. 그는 개인사업가로 명성도 얻고, 사회에서 인정받으며 성공한 삶을 살고 있었다.

'종달새가 우짖는…,' 편지의 서두 글을 쓸 때는 자신도 시인이 된 듯싶었다며 웃는 그녀의 얼굴은 저녁노을처럼 발갛게 홍조를 띠고 있었다. 끊어졌다 이어졌다를 반복한 그녀의 펜팔 사연들은 바람을 타보지도 못하고 꼭꼭 서랍장에 누워 있다. 무심한 시간은 60년이 흘렀고, 그녀는 일흔을 넘긴 할머니가 되었다. 그래도 그 시절을 이야기하는 그녀의 음성은 떨렸고, 목소리는 고왔다. 남녀평등을 부르짖으며 여성의 사회적 지위도 보장받는 현대 사회이다. 이제 그녀의 젊은날 순정은 우리 모두 부러워해도 되는 일 아닐까.

누구나 가슴속에 간직한 비밀스런 이야기가 있을 수 있지만, 가파도는 숨겨주지 않았다. 주고받던 편지조차 소문이 나버린 동네를 평생 떠나지 못하고 연민으로 살아온 남편도 먼저 저세상으로 보냈다. 육지 남자는 그녀의 굴곡진 삶에 아무 기척도 없이 설렘만 남겨놓았다. 딱 한 번 머리가 희끗해져 가파도를 찾아왔던 그와의 첫 만남은 그래도 삶에 위안이 되었으려나. 딸들도 시집을 보냈고, 초혼에 실패한 아들도 우여곡절 끝에 재혼을 시켰다. 살아온 날들이 바다에서 태풍을 만난 배처럼 흔들리기도 했지만, 마음속에 품었던 열망은 그녀를 살아 있게 해준 버팀목이 되어주지 않았을까.

그녀의 눈가에 눈물이 흐른다. 소리내어 울 수 없었던 파란의 인생살이였다. 가파도에 피우고 싶었던 그녀의 사랑 이야기는 그리워만 하던 사람과 함께 떠난 여행길은 아니었다. 사춘기 시절 호기심으로 가득한 성장통이었을지 모른다. 오랜 시간이 흐른 지금, 그 이야기 속으로 들어가자 온몸이 따뜻해졌다.

그리움은 언제나 기다림이라고 했던가. 기다림은 사랑하는 사람에 대한 최소한의 속삭임이거나 달콤함일 수 있다. 들으려 해도 들리지 않는 혼자만의 독백 같은 속삭임을 위해 낮에는 몸이 힘들도록 일을 했다. 밤에는 잠 못 이루며 뒤척이다 여명이 뜰 때면, 운무에 가려진 햇덩이를 안고 솜털처럼 가볍고 구름보다 부풀어진 그리움을 안으로 삭였다. 남녀노소 나이를 막론하고 이루어지지 않은 사랑에 대한 반증은 어떠할까. 아무 흔적도 없이 백지 같은 여백의 미만 남겨놓는 일 아닐까. 눈은 눈을 보지 못한다. 오직 보여지는 사물이 있어야만 믿는 어리석은 미물이 우리 아니던가.

팽이가 가장 열심히 돌 때, 오히려 제자리를 잡고 서듯 그녀의 인생도 최선을 다했기에 옛 추억은 백설 같은 사랑이라 말할 수 있지 않을까. 지금도 그녀의 기억은 오래도록 아름답게 가파도를 물들이고 있을지 모른다.

고사리헌터Hunter

손전화가 울렸다.

번쩍 눈을 떴다. 그의 목소리가 낮게 들린다.

"고사리 뜯으러 가셔야지요!"

마지막 단어가 끝나기도 전, 몸은 자동으로 반응한다. 침대를 박차고 일어나 대충 양치질 한 후, 총알처럼 빛의 속도로 방문을 열고 나간다. 밖은 아직 어슴푸레한 새벽녘이다.

이른 아침, 5시 30분. 양손에 고무코팅 장갑을 낀다. 무릎까지 올라오는 핑크색 장화를 신는다. 앞치마를 입는다. 목에 스카프를 한다. 챙 넓은 모자를 쓴다. 출동이다. '선 진입 재차우선'의 법칙을 준수하기 위해 경쾌하게 자동차에 올라탔다. 시동을 걸고 출발하는 순간부터 가슴은 설렌다. 돌담이 얼기설기 쌓여진 들판엔 주차장이 별도로 준비되어 있지 않았다. 농로만 뚫려 있는 들판 입구에 남보다 먼저 차를 주차해야 많은 양의 수확을 보장받는다. 넓은 들판의 상황을 빨리 터득할수록 그날의 결과물이 확연하게 달라졌다. 장소 물색을 하는 동안 드문드문 자리 차지를 한 차량들로 인해 마음은 바빠진다.

새벽잠이 없는 할머니 할아버지들이 들판에 먼저 들어와 계시면 자리를 피해준다. 전문 고사리채취꾼들이 나타나도 자리를 양보해야 한다. 나이 드신 어른들은 기동성이 없어 마을 근처에서 도보로 갈 수 있는 접근성 좋은 곳만 찾아다닌다. 그분들 대부분은 일 년 동안 제사상에 올릴 고사리와 출가한 자식들에게 보내줄 양만 채취하면 그만이다. 연세가 많은 탓에 무거운 보따리를 들고 오래 들판을 걸어다닐 수 없다. 또한 눈이 어두워 근처에 산재한 고사리군락을 놓치기 일쑤다.

차로 빠르게 먼 거리를 이동할 수 있는 우린, 노다지밭이라도 양보할 수밖에 도리가 없다. 전문꾼들은 생계유지를 위해 고사리를 채취한다. 그들은 자잘한 고사리는 거들떠보지도 않는다. 저울이 많이 나가야 하는 목적이 있기에 작고 가느다란 녀석들은 손도 대지 않는다. 그들이 지나간 후, 반찬거리로 제격인 잔챙이를 뜯는 재미도 쏠쏠했다. 제주에서 야생 고사리 채취 3년차가 되고 보니 나름의 원칙에 만족하게 되었다.

4월 한 달 동안 제주도는 너나없이 분주해진다. 집집마다 고사리 채취를 위해 온 신경을 쏟는다. 고사리철에는 일상적인 행사나 모임도 갖지 않는다. 벚꽃이 화사하게 필 무렵, 오름 주변이나 마장 주변과 억새 들판에는 어김없이 고사리가 지천으로 돋아났다. 널려 있는 국유지 들판에 억새가 있고, 찔레가 있는 곳이면 고사리는 포자번식을 하느라 여념이 없다. 양지바른 곳이나 습한 곳이나 가리지 않고 어린 아이 주먹 같은 머리를 내밀며 세상 구경을 나온다. 하지만 땅속보다 맑은 공기를 흠뻑 맡으며 감탄할 새도 없이 사람들 먹거리로 꺾이고 만다. 인정사정도 없다. 허리를 '톡' 꺾어버리는 손길이 얄밉고 서운할 만도 한데 불평 한마디 내지르지 않는다. 오히려 '나를 데려가 주세요' 소리 지르며 손을 흔들어대는 듯싶다. 여기저기 길게 키를 뻗치고 서 있는 폼이 우아한 왕손의 자태 그대로다.

소리의 경쾌함에 빠져 손놀림과 두 눈은 바빠진다. 지인의 소개로 처음 고사리 채취를 나섰을 때는 어떻게 생겼는지, 어떻게 꺾어야 하는지 도통 알 수 없었다. 발밑에 길게 고개를 빼들고 있어도 발견하기 힘들었다. 이제는 오른쪽, 왼쪽 고개만 돌려도 녀석들이 보이기 시작했다. 보송보송 잔털이 바람에 스치는 황홀한 모습에 감탄사까지 내뿜으며 자연을 즐길 여유도 생겼다.

앞에 옆에 다시 그 옆에 솟아 있는 녀석들을 따라 끊임없이 가다보면 지금 어느 위치에 와 있는지 오던 길을 잃어버리기 일쑤다. 가다가다 동행과 소리를 질러 각자 위치를 확인하는 일도 잠깐뿐이다. 곧, 고사리삼매경에 온 마음이 빠져들고 만다. 가부좌를 틀고 앉아 위파사나 명상이나 간화선 명상을 할 필요도 없다. 통통한 녀석들의 흔적을 찾아 허리를 꺾는 "똑, 똑" 소리에 빠져들다보면 저절로 명상의 경지에 이른다. 아무 잡념도 생각도 잊어버린다. 오직 한 가지 일에만 집중하게 되니 이보다 좋은 일상이 어디 있겠는가.

모든 근심도 잊는다. 시름도 잊는다. 걱정도 잊는다. 녀석들 발견에만 몰두하니 저절로 행복감에 도취되어 흐르는 시간조차 잊는다. 두서너 시간을 헤매다보면 피곤하고 지칠 만한데 자루 무게를 느낄수록 힘이 불끈 솟는다. 두둑하고 묵직해지는 가방의 무게가 어깨를 짓눌러도 발걸음은 언제나 가볍다. 스스로 좋아서 하는 일에 대한 보상이 이러한 기분일까. 새록새록 새로운 경험에 대한 마력 속으로 빠져들 때마다 힐링healing이란 단어가 낯설지 않게 다가온다.

날마다 고사리의 매력에 빠져 사는 내게 이웃들은 '고사리 헌터'란 별명을 붙여주었다. 싫지 않은 호칭에 자꾸 웃음이 삐질삐질 스며나온다. 세상에 할 일이 너무 많고, 즐길 일도 많은데, 제주살이를 시작하며 고사리 사냥에 열을 올리다니 경이롭지 않은가. 예전에는 4월을 춘궁기를 이겨내야 하는 잔인한 계절로 이야기한 시인들이 많았다. 제주의 4월은 화사하게 피어나는 유채와 벚꽃과 함께 고사리 채취란 색다른 멋을 즐길 수 있어 고마운 시기이다. 고사리가 배고픔을 달래기 위한 비축식품으로 일용되었다 하더라도 도시인들에겐 낯선 생활에 대한 체험 자체로도 충분했다. 그러기에 육지에서 제주도로 고사리 투어를 올 만큼 관광상품화되어 있지 않은가.

고사리는 특별한 날이면 빠지지 않고 식탁에 올라온다. 먹거리가 흔해도 생일이나 제삿날 꼭 필요한 식재료이다. 또한 봄을 맞이하는 설렘과 함께 제주살이에 대한 꿈을 잃지 않게 해주고 있다. 해마다 제주사람들 마음에 풍요로움을 심어준다. 헌터들에게는 경제적 여유와 희망을 선물할 명물로 즐거움까지 선사해주고 있으니 신나고 고마울 뿐이다.

그리움을 버리다

불쑥 비닐봉투를 내민다.

쑥스러운 표정을 한 그녀 얼굴에 골 패인 주름살이 오늘따라 더 깊어 보인다. 슬그머니 열어본 봉투 속에는 순비기 열매와 이파리가 가득 들어 있다.

"이거 관절 통증에 최고라."

한마디 툭 던지고 돌아선다.

그제야 며칠 전 무심코 던졌던 말이 생각났다.

"제가 무릎이 너무 아파서요."

한쪽 다리를 절고 다니는 그녀 앞에서 무릎타령을 한 후, 금방 후회했다. 무표정한 얼굴로 내 무릎을 뚫어져라 바라보던 그녀의 눈동자가 흔들렸기에 신경이 더욱 쓰였다. 제주도로 이사 온 후, 마을 사람 중에서 절룩거리며 다니는 그녀를 제일 먼저 기억하게 되었다. 대나무 꼬챙이처럼 마른 몸매에 검은 얼굴빛은 나이를 가늠하기 힘들었다. 어느 누구보다 외모가 주는 특별함 때문에 관심이 갔던 이웃이었다.

그녀는 젊은 시절부터 해녀로 살며 물질을 해왔다. 오랜 물질은 그녀에게 '잠수병'이라 불리는 해녀병을 안겨주었다. 관절 통증과 두통과 난청, 호흡곤란 등 잠수병에 시달리는 일로도 부족해, 발목 부상으로 장애를 지닌 채 살아가고 있다. 그녀는 현대의학보다 순비기나무 열매가 최고의 치료제라 믿는 듯싶었다. 한 시간이 넘도록 통증을 효과적으로 완화시키는 데 순비기나무 열매만 한 약이 없다며 열변을 토했다. 그 이야기를 들으며, 해안가 모래밭이나 화산석 틈새에 뿌리내리고 성장하는 식물에서도 해녀들의 녹록지 않은 삶을 엿볼 수 있어 당황스러웠다. 오래도록 바당을 끼고 살아온 제주 여인들은 힘들어도 반복되는 물질을 거부하지 않았다. 더구나 결혼도 하지 않고 살며 첫사랑을 잊지 못해 되풀이하는 그녀의 사랑타령은 만날 때마다 들어도 싫지 않았다.

순비기나무란 독특한 이름은 '숨비소리'에서 붙여졌다. 숨비소리는 물질하던 해녀들이 수면 위로 올라와 허파에 압축됐던 공기를 입 밖으로 뱉어낼 때 나오는 깊은 숨소리 아니던가. 제주 바당을 따라 걷다보면, 순비기나무를 흔하게 볼 수 있다. 메마른 모래밭에서 소금기 섞인 바람과 거친 태풍을 맞으며 꿋꿋하게 뿌리내리고 번식하는 모습이 해녀들의 강인한 생활력을 닮았다. 그래서일까. '그리움'이란 꽃말을 지닌 순비기나무는 '숨베기낭', '숨비기낭'이라 불리며 해녀들에게 고마운 식물로 알려져왔다. 특별한 약재를 구하기 어려운 열악한 환경에서 조상 대대로 내려오던 민간요법이야말로 요긴한 비상약품이 아니었을까.

"야가 두통 치료는 즉방인데, 그리움은 치료해주지 않아야."

칠순이 된 그녀 입에서 '그리움'이란 단어가 튀어나오자 웃음을 터트릴 뻔했다. 순간, 언뜻언뜻 알아챘던 그녀의 과거가 떠올라 마냥 웃을 수 없었다. 조심조심 장단 맞춰주고, 이야기에 추임새를 넣어주며, 한풀이 같은 하소연을 들었다. 그녀의 고질적인 두통은 잠수병에서 시작했을지 모른다. 한편으론 말 못할 사연에 대한 미련이 쌓이고 쌓여 생긴 병은 아닐지 의문이 들었다. 매번 남들처럼 가정을 꾸려보는 일이 소원이라며 이야기를 끝 맺는다. 아들딸 낳아 효도도 받아보고 싶어했다. 혼자 사는 외로움이 클수록 그리움에 대한 고통은 배가 될 터였다.

순비기 열매는 둥글고 검붉은 색을 지닌 '만형자蔓荊子'라는 이름의 한약재로 많이 알려졌다. 침침한 눈에 탁월한 효능까지 지녔으니 해녀들의 사랑을 듬뿍 받을 수밖에 없지 않았을까. 그녀는 잠 못이룬 새벽이면 절룩절룩 바당길 걸으며 순비기 꽃을 땄다. 열매를 따고, 잎을 따 햇빛에 말려 빻아놓는 일도 잊지 않았다. 악착같이 잠수해 모은 돈으로 동생들 공부도 가르치고 결혼까지 시켰다. 일가를 이룬 동생들은 명절에도 얼굴 보기 힘들었다. 부모님이 떠나자 북적대던 집에 홀로 남은 그녀는 외로움만큼 쌓인 그리움을 떨쳐버리지 못했다. 불편한 다리로 꾸러미를 들고 바닷길을 걷는 그녀의 모습이 시나브로 어른거렸다. 평범한 여자의 일생을 보내지 못한 탓에 첫사랑만 그리워하다 가슴속이 썩어 뭉개졌을까. 그녀의 사랑타령은 심금을 울리진 않아도 늘 아련했다. 그리워만 하던 님께 드리고 싶어 '만형주'도 담가 보관하고 있다. 세월의 농도가 헤아릴 수 없을 정도로 허무하다.

순비기나무의 잎과 가지에서는 허브 향이 풍겼다. 청량한 향은 목욕제로 안성맞춤이다. 땅속 뿌리가 옆으로 뻗어 넓게 퍼지면서 지표고정 역할도 톡톡히 해낸다. 뿌리가 땅을 움켜쥐어 바닷바람에 모래가 유실되는 현상을 방지해준다. 세찬 바람과 파도에 의한 침식도 막아준다. 자연을 항상 그대로 지켜주는 친환경 식물이다. 가벼운 타박상을 입었을 때, 잎과 줄기를 찧어바르면 금방 상처가 아문다. 버릴 부분 하나 없는 유용한 식물이 아닐 수 없다. 만병통치약이 분명한데 걸을 때마다 흔들리고 기울어지는 그녀의 어깨를 볼수록 작아진 그림자가 서글펐다. 바다 가장 가까이에서 동고동락하며 생의 무게를 함께 짊어진 듯, 순비기에 대한 매력이 지고지순한 그녀와 견줄 만했다.

먼지처럼 쌓인 흔적에 매달려 그녀가 견뎌야 하는 시간들이 숨비소리보다 무겁게 가슴을 휘저었다. 혼기를 놓친 늙은 처녀의 외로움이 순비기가 간직한 영험한 희망으로 바뀔 수 있다면 얼마나 좋을까. 흔한 식물 한 뿌리에 기대는 그녀의 믿음이 건강을 되찾아 이십대로 돌아가고 싶은 간절함으로 스친다. 이제 이어질 수 없었던 사랑에 대한 그리움은 전생의 업보로 남아버려졌으면 좋겠다.

돌담 너머

파도는 왜 태풍이 일면 성난 사자처럼 화를 낼까.

문득, 어리석은 생각이 머릿속을 가득 채운다. 높은 방파제를 '철썩' 때리는 파도의 위력 앞에 누가 감히 덤벼들 수 있을까. 지난 제18호 태풍 차바로 인해 서귀포시 성산읍 일대가 전쟁터로 변해버렸다. 경주와 부산의 지진 후유증이 채 가시지도 않았는데, 태풍 차바는 천연덕스럽게 성산포를 기습 침략해버렸다. 가로수가 뽑히고, 가로등이 넘어지고, 정자가 무너지고, 창고 지붕이 날아가고, 컨테이너가 바람에 굴러다녔다. 자연재해의 현장은 상상할 수 없을 만큼 어지러웠다.

그즈음 신문 방송에서 태풍 소식을 접한 순간이다. 예전에는 예사로 넘기던 태풍 소식이 남의 일이 아닌 내 상황으로 변해 노심초사하게 만든다. 인간은 자연의 위력 앞에 무기력하고 나약한 존재임을 실감해야 했다. 얼마 전, 신천리에 조그마한 집을 짓고, 앞마당에 작은 카페를 짓는다고 수선을 떤 탓인지, 천재지변을 무심히 바라볼 수 없게 되었다.

차바는 너울성 파도를 몰고 왔다. 세찬 바람도 끌고 왔다. 성난 빗줄기는 도로변 가로수와 가로등을 초토화시켰다. 누가 시키는 일도, 지시하거나 명령한 일도 아니다. 규칙적으로 움직이는 바람과 빗줄기를 맞으며 견뎌야 했던 사람들은 진정한 제주도민이었다.

우리 집 마당으로 바람에 쓸려온 나무토막들과 쓰레기더미와 잡동사니들을 CCTV로 바라만 봤다. 아수라장의 현장을 미디어 힘을 빌려 바라보면서 초현실주의 화가 달리 그림을 상상했다. 남들은 재난을 당해 근심걱정인데 한가롭게 그림 타령이나 한다고 비난받을지 모른다. 마당에 쌓인 쓰레기더미들은 폐허가 되어버린 살벌한 도심의 한 모퉁이가 되어 주인을 기다리는 듯 황량했다. 집 건물을 피해 잡동사니들이 사납고 거센 바람을 타고 공터로, 공터로 몰려들었으니 그들의 재주가 비상하다.

제주도의 바람은 유명하다. 바람 많고, 돌 많고, 여자 많은 제주에서 돌담의 틈새는 자기 자리를 지키기 위한 몸부림이다. 어느 곳에서나 바람길은 당연히 공터가 안성맞춤임을 그들은 스스로 터득했는지 모른다. 가르쳐주지 않아도 스스로 체득하는 일이 어디 그뿐일까. 요즘 들어 자꾸 경험하지 않고 살아도 될 일들을 겪으며 하루하루를 흘려보낸다. 그냥 달리의 그림처럼, 아무렇게나 구부러지기도 하고, 나무에 매달리기도 하고, 널브러지기도 하며 살 수 있다면 얼마나 좋을까.

자연의 힘 앞에 무기력해지지 않으려 선조들은 예부터 제주의 마당에 돌담을 쌓지 않았던가. 돌담 틈새로 바람길을 내주며 그들과 공존하고 타협하는 방법을 선택했다. 그 어떤 과학적인 기술도 제주에서는 소용이 없다. 태풍의 거센 바람에 다소 기물이 파괴되어 무너졌어도 돌담은 설문대할망의 보호 아래 오늘도 바람길을 인도하고 있지 않은가. 나날이 생성生成인 셈이다.

제주 너머를 모르쿠다

그를 만난 지 두어 달이 지났다.

제주토박이인 그는 목공과 낚싯배를 운영하며 문학을 사랑하는 자연인이다. 어느 날, 그는 자작시 한 편을 보여준다고 했다. 자작시라는 말에 두 귀는 쫑긋거렸다. 손수 만든 나무판에 배경 사진과 함께 제작한 시화를 부끄러운 표정을 감추지 못하고 불쑥 내밀었다.

나무 액자에는 까만 글씨들이 깨알처럼 박혀 있었다. 받는 순간, 당황스러움을 감출 수 없었다. 그가 내민 시화 속 작품은 우리말이 분명한데 도통 이해할 수도 알아볼 수도 없는 활자들이 눈을 어지럽히고 있었다. 외래어도 아니었다. 제주가 지니고 있는 특별한 언어였다. 그 단어들을 제주사투리라 명명하기엔 한글에 대한 내 지식이 너무 부족하다는 생각이 들었다. 들여다볼수록 제주어로 되어 있는 그만의 독특한 감성이 금방 내 가슴을 휘저었다.

아덜이영 아방이영/ 뗌마타네 어딜 감서
집이시난 팍팍 더원/ 건불리래 나가봠주/ 이 허리가 대와지라

바당가젠 촐리는디/ 빈물구덕 진 여펀네
샛질허멍 간게만은/ 구진 것을 봐져신가/ 동티난 걸 봐져신가

이여산아 이여산아/ 골메드련 노를 저선/ 여골메에 세와 놓고
닉껍꿰언 드리치난/ 아덜놈은 부수사니/ 촐구덕이 그득허게
괴기 낚앙 내염신디/ 어떻해연 나한티는/ 숭시고치 안물엄쪄

멧발주난 물엄시냐/ 아덜한티 들어보난/ 출싹거령 괴기마씀
아부지가 알앙헙써/ 멧발준 거 모르쿠다/ 바당보름 훗닥허난
패랭이만 불려나고/ 건불리래 나왔다네/ 더위먹엉 들어감쪄

— 정성필의 시 「멧발주난 물엄시냐?」 전문

정성필의 「멧발주난 물엄시냐?」를 읽어보면 볼수록 묘한 매력이 호기심을 불러일으켰다. 사투리 억양이 지니고 있는 운율이 재미있기도 했다. 그의 작품 속에 내재되어 있는 제주도민의 삶은 해학과 얼버무려져 있었다. 반복해서 감상하면 할수록 아련한 애잔함에 빠져들게 되었다. 1연 서두부터

아버지와 아들이 더운 집을 피해 바다로 낚시질 나가는 광경이 진솔하게 그려졌다. 2연에서는 빈 물허벅을 진 여자의 모습을 은근슬쩍 은유적으로 표현하고 있다. 아마도 남편의 속내는 가난한 살림살이를 맡아 고생하는 아내에게 싱싱한 생선을 맛보게 해주고 싶은 소망뿐일 터다.

특히 3연과 4연에서 보이는 해학은 작가의 순수한 마음이 잘 표현되고 있어 미소가 번지게 한다. 노를 저어 낚싯배를 여골메(바다 속 암초 골짜기, 고기가 많이 몰려 있는 곳)에 세워놓고 고기잡이를 했다. 아들은 소쿠리 한가득 낚았는데 아버지인 작가 본인에게는 한 마리도 걸려들지 않자 은근히 약이 올라 투정을 부린다. 그 투정 속에 묻어나는 부자의 정情이 새록새록 정겹다. 아버지가 자꾸 보채자 아들은 "아부지가 알앙헙써/멧발준거 모르쿠다" 하며 퉁명스럽게 볼멘소리로 약을 올린다. 밉지 않은 아들의 행동이다. 아버지는 바다에 불어온 바람에 패랭이만 날려보내자 부화가 더 났겠지만, 고기 잘 낚는 든든한 아들이 있어 행복하지 않았을까.

한 발 두 발 가늠할 수 없는 낚싯줄 또한 우리 인생살이의 고진감래苦盡甘來와 다르지 않다. 바다 속 고기들의 행보를 점칠 수 있다면 살아가는 재미를 느끼지도 터득하지도 못할 일이다. 한 행 한 행 되새기니 제주가 지닌 고유어에 대한 욕심이 꼬리에 꼬리를 문다. 제주에 살려면 제주어로 이웃들과 소통하는 데 지장이 없어야 진정한 도민이 되는 길일 듯싶다. 문득 당연한 이야기가 현실로 다가왔다.

제주도는 말 그대로 섬마을이다. 예부터 섬은 육지와 바다를 사이에 두고 있기에 모든 문화양식이 뒤떨어져 있을 수밖에 없다. 그런 속에서 의식주를 해결해나가야 하는 민초들의 삶은 웃을 수도 울 수도 없는 아이러니를 양산하게 마련이다. 특히 항상 사용하는 언어 속에서 사투리로 대변되는 어휘의 마력은 제주도를 사랑하고 이해하는 데 한몫을 차지하고 있다.

사투리가 지니고 있는 구수함과 이질감은 상대적으로 언어를 순화시킴으로써 그 시대를 살아가는 사람들의 생활상과 밀접한 관계를 지니고 있다 해도 과언이 아니다. 제주도에 정착하기 전까지 전혀 상상하지 못했던 그들만의 언어에 대해 당황스러울 때가 자주 생겼다. 내가 알고 있던 제주사투리는 고작해야 가수 혜은이의 "감수광"이거나, 관광객들에게 익숙한 "혼저옵서예(어서 오세요)" 정도였다. 서너 명의 도민들이 모여 이야기를 나눌 때 들려오던 말들은 알아들을 수 없는 소리에 머물러 있을 뿐이었다. 그 소리의 조합들이 이제는 따뜻한 사람들의 마음으로 들려올 시기가 되었나보다.

어느새, 제주살이를 시작한 지 수 년이 지났다. 짧은 시간이지만, 다가간 만큼 다가오는 사람들이 있어 제주말들이 친숙하고 다정하게 온몸에 스며든다.

다랑쉬오름

10월의 제주도가 손을 흔든다.

빨리 빨리 섬을 즐기러 오라고 은빛을 휘날리며 바람도 소리 지른다. 맑고 높은 가을 하늘 아래 지천으로 억새가 꽃을 피웠다. 하늘거리던 줄기마다 바람이 전해주는 이야기에 넋을 잃은 듯, 분주하다. 육지에서 전해오는 단풍 소식과 가을 끝에 맞이한 풍요로운 수확을 바람은 부지런히 실어나른다. 달콤쌉싸름한 냄새마저 풍기며 구석구석 흔적을 남긴다.

이즈음 오름트레킹은 올레길 걷기만큼이나 다채롭고 흥미롭다. 왕복 십여 시간이나 걸리는 한라산 산행은 부담스러울 수 있다. 반면, 오름은 가볍게 각양각색의 분위기에 취할 수 있어 좋다. 제주 오름은 대체로 한 시간 정도면 왕복이 가능해 노인과 어린이들도 무리 없이 즐길 수 있다.

제주시 구좌읍 송당리와 세화리에 걸쳐 있는 원뿔 모양의 다랑쉬오름(382.4m)은 산세가 부드럽게 곡선을 이루고 있어 엄마 품속처럼 평화로워 보인다. 한복 치마를 벌려놓은 듯 가지런한 분화구도 아름답다. 야생화 무리와 갖가지 들풀과 눈을 마주치며 정상으로 향하는 길은 기대감과 설렘으로 들뜨게 만든다. '다랑쉬'라는 이름은 오름에 쟁반같이 뜨는 달의 모습이 무척 아름답다 하여 붙여진 제주어이다. 또한 '다랑쉬'는 높은 봉우리란 뜻의 '달수리'로도 불리고, 한자로 '월랑봉月郎峰'이라고도 불린다.

입구부터 쭉 고른 계단은 여인의 가리마를 닮은 듯 억새와 주변 풍경들로 인해 더욱 정겹게 다가온다. 헉헉 가쁜 숨을 몰아쉬며 앞서거니 뒤서거니 오르는 순간, 멀리 성산 일출봉이 한눈에 잡힌다. 발 아래 들판과 밭담들 사이사이 보이는 무덤들은 시간여행을 그리워하게 만든다. 무덤의 주인들은 그들이 원하는 곳에서 새 삶을 영위하고 있을까. 그들의 소원대로 오름 주변에 안거했으니 부족함이 없으리라.

정상에 오르자 절로 탄성을 자아내게 하는 분화구가 나타났다. 움푹 파여 있는 분화구 깊이는 한라산 백록담의 깊이와 닮아보였다. 과연 다랑쉬오름의 자랑거리로 내세울 만한 풍경이다. 전설에 의하면 설문대할망이 치마로 흙을 나르면서 한 줌씩 놓은 무더기가 제주의 오름이라고 했다. 다랑쉬오름의 분화구는 흙을 내려놓자 너무 도드라져 손으로 탁탁 쳤더니 지금처럼 파여버렸다. 웃음이 번져나오는 제주다운 이야기이다.

굳이 의미 부여를 하지 않아도 몸이 흔들릴 정도로 휘몰아치는 바람은 분화구 속에 또 다른 사연을 쌓아놓는다. 깔대기 모양으로 움푹 파인 분화구 둘레는 1.5㎞, 깊이는 115m이다. 그 바닥을 단단히 지키고 있는 억새의 춤사위는 여행객의 마음도 빼앗아버린다. 매순간 그들이 남기려는 흔적은 카메라 셔터를 눌러대던 단발적인 소음에 빠져 중심을 잃곤 한다. 바다에서 불어오는 바람과, 들판에서 몰아치는 바람은 여행객에게 수많은 꿈과 희망과 사랑을 전해주려는 듯 전속력으로 돌진해온다. 여행길에서 만나는 바람은 재충전의 원동력이 되어 힘을 실어준다.

휘청거리는 몸을 가누며 분화구 둘레를 걷는다. 빼곡히 길을 만들고 있는 소사나무숲이 장관을 이룬다. 다른 세상을 만난 듯, 스스로 바람을 이겨내려고 휘어진 나뭇가지들 덕분에 안온함을 맛본다. 잠시 자작나무과의 소사나무숲 길에서 피로함을 잊고 철부지 아이가 되어 사진 찍기에 열중해본다. 제주의 수많은 오름 중 '오름의 여왕'이라 불리는 곳이다. 이곳에서 우아하고 세련된 억새와 소사나무의 기품에 빠져보는 일도 나쁘지 않다.

한라산의 동북쪽 자락인 다랑쉬오름 주변에는 아끈다랑쉬오름과 용눈이오름, 높은오름, 돛오름, 둔지오름 등 멋진 오름들이 호위하듯 빙 둘러 버티고 있다. 이들 오름에서 한가롭게 풀을 뜯는 소와 말의 모습은 다분히 목가적이다. 가을 억새의 품 안에 깃들어 편안해 보이는 광경은 소나 말뿐만이 아니다. 죽은 사람도 마찬가지였다. 제주사람들은 죽으면 오름에 묻히기를 원했다. 낮고 네모난 돌담으로 둘러싸인 무덤들이 나지막한 능선을 타고 옹기종기 모여 있다. 모든 풍경이 여행객 눈에는 생소하지만 제주도의 색다른 매력이라 생각하니 가슴이 따스해진다. 더구나 은빛 휘날리던 억새의 춤사위는 빼어난 자연 경관 속 감춰진 아픈 사연을 들려주는 듯 황망하다.

1948년 다랑쉬오름 아래에는 농사와 목축업에 종사하는 20여 가구의 사람들이 살고 있었다. 4·3항쟁 와중에 군경토벌대에 의해 마을은 초토화되었다. 이때 마을사람 몇몇이 다랑쉬오름 주변 굴속에서 생활하다 토벌대에 발각돼 몰살당했다. 다랑쉬굴은 마을과 300m 떨어진 들판에 있었다. 굴의 입구는 직경이 60~70㎝로 좁고 낮아 한 사람이 엎드려 겨우 들어갈 수 있을 정도였다.

토벌대는 당시 굴 주변에 떨어진 인분을 보고 그들을 발견해냈다. 마을사람들에게 굴에서 나오라는 명령을 내렸으나 겁에 질려 있던 사람들은 따르지 않았다. 그러자 입구에 불을 지폈고, 연기로 인해 모두 질식사 당했다. 굴속에 갇혀 있던 시신은 발굴 직후 화장해 바다에 뿌려졌다. 입구가 폐쇄된 다랑쉬굴과 함께 마을 어귀에는 굵은 퐁낭 한 그루가 그늘을 만들며 묵묵히 서 있을 뿐이다. 마을이 사라진 곳곳에는 돌담, 집터, 우물터들이 쓸쓸히 남아 옛 기억을 되살려주고 있다.

여왕의 자리는 언제나 화려함 속에 감춰진 거센 바람을 견뎌야 하는 걸까. 오늘도 다랑쉬오름은 아픈 역사를 뒤로 한 채, 바람과 억새의 낭만을 알리기 위해 여행객들을 끊임없이 손짓하며 부르고 있다.

바당 따라 올레 걷기

챙 넓은 모자를 썼다.

물과 휴지를 담은 작은 배낭 하나 메고 운동화 끈을 단단히 조였다. 상큼한 새벽바람이 목을 감싼다. 출발 신호다. 오늘은 제주올레 3-B 코스에 도전한다. 혼자 걷는 길은 나와의 싸움이다. 제주도 동남부 해안 따라 바당(바다)과 나란히 이어진 올레 3-B 코스는 투박한 현무암 위를 걸을 수 있다. 돌 사이에 터 잡은 야생화를 벗 삼아 홀로 걷는 호젓한 바당길이 새록새록 궁금했다.

제주올레는 21개 정규 코스와 5개 부속 코스를 포함해 모두 26개 코스로 총 길이가 425㎞에 달한다. 3-B 코스는 서귀포시 성산읍 온평리 포구에서 시작해 신풍, 신천 바다목장에서 3-A 코스와 합쳐진다. 이 지점부터 신천리 마을을 지나 표선 해비치 해변까지가 종착점이다. 3-B 코스는 3-A 코스와 겹치는 후반부 5.8㎞ 구간을 합쳐 14.4㎞에 이른다. 제주 올레길은 코스마다 각각의 특징이 새롭다. 바다를 따라가는 길은 바당올레, 마을을 지나면 마을올레, 당근·파·무 등을 심은 밭 사이로 난 길은 밭담올레, 오름을 오르면 오름올레 등으로 볼수록 푸근하고 정겹다.

해안도로를 따라 자전거도로와 현무암 돌밭 위로 번갈아 이어지는 길을 걷는다. 표면이 울퉁불퉁하고 구멍 송송 뚫린 돌 위를 걸을 때는 '자그락자그락' 소리가 요란했다. 돌과 돌이 부딪치는 소리, 먼 바다에서 불어오는 바람 소리, 끊임없이 몰아치는 파도 소리가 낭만을 부른다. 흥얼흥얼 노래도 흘러나온다. 그동안 돌이 지닌 질감은 차갑고 딱딱한 줄만 알았다. 올레길에 지천으로 쌓여 있던 각양각색의 현무암은 숨쉬며 움직이는 생명체란 생각이 들었다.

밀물 썰물로 인해 바닷물이 차고 넘치는 탓일까. 현무암 사이사이 서식하고 있는 억새와 보랏빛 해국은 제주사람들의 삶에 징표인 듯 씩씩해 보인다. 해녀나무라 불리는 순비기나무도 걸음을 옮길 때마다 팔랑팔랑 잎을 흔들어댄다. 순비기는 열매가 잠수병 치료에 특효라 전해져 옛날부터 해녀들이 그 향기를 맡고 두통을 달랬다. 평온한 주변 덕분에 운동화 바닥을 눌러대는 돌로 인해 생기는 통증은 잊을 수 있어 좋았다.

서서히 햇살이 정수리에 꽂힌다. 그늘이 생각날 때쯤, 도로와 바닷가를 가르는 환해장성이 나타났다. 일본 해적을 물리치기 위해 조상들이 쌓아놓은 돌무더기 담이다. 제주도 전체를 둥글게 띠처럼 돌로 성을 쌓아 마을과 도민 보호에 힘썼으니 옛사람들 마음이 애잔하게 다가온다. 대부분 허물어져 자취를 찾을 수 없지만 환해장성의 흔적은 섬마을이 지닌 상처로 다가온다. 잠시 역사를 되새겨볼 즈음, 닭이 알을 품고 있는 동상 하나가 눈길을 잡는다. 용천수 해안이다. 반가운 마음에 뛰어내려가 발을 담갔다. 차디찬 얼음물이다. 한라산에서부터 내창으로 흘러내려온 용천수지대는 제주만이 간직한 보물이다. 바당에서 놀다 용천수로 몸을 헹구면 일석이조의 물놀이 아닌가. 내년 여름에는 이곳으로 캠핑을 와야겠다는 기억 하나를 저장해두며 다시 출발한다.

바다가 지루해질 즈음, 중간 스탬프를 찍는 신산리 마을카페가 나타났다. 신산리 마을은 숨겨진 녹차 산지다. 독자봉 자락에 있는 밭에서 생산한 녹차로 아이스크림과 초콜릿을 만든다. 마을 카페를 통해 판매한 수익금은 주민 공동자산이 된다. 제주에서 녹차밭은 오설록만 있는 줄 알았던 내 상식을 깨버린 조용하고 아늑한 마을이다.

서너 시간을 걸은 탓일까. 발걸음이 무겁고 지칠 무렵, 신풍신천 바다목장 입구에서 3-A 코스와 만났다. 해안절벽에 들어선 신풍신천 바다목장은 제주올레를 대표하는 이색 명소로 유명하다. 겨울이면 귤피차를 만들기 위해 감귤 껍질

말리는 장관을 연출하는 곳이기도 하다. 지금 눈앞에 펼쳐진 풍경은, 제주도 바닷길 중 가장 수평선이 아름답게 보이는 곳이다. 드넓은 초원과 짙푸른 용궁올레, 출렁이는 파도를 뚫고 우뚝 솟아난 칼선도리 전설. 푸른 하늘과 맞닿아 있는 수평선은 신비로움을 뿜어내고 있다. 목장 주변 해안가에 얽혀 있는 '용궁올레' 전설은 가던 길을 멈추고 주저앉게 만든다. 용궁을 다녀온 해녀 이야기는 착하게 살면 복이 내린다는 진리를 깨우쳐준다. 절경과 전설에 마음을 뺏기며 천천히 목장을 빠져나왔다.

10여 분쯤 걸었을 때였다. 빨강, 하양, 녹색의 등대가 손짓하며 여행객을 반겨준다. 신천리 벽화마을에 자리한 작은 항구가 나타났다. 가던 길을 멈추고 마을 구석구석을 돌며 벽화를 구경하는 재미가 쏠쏠했다. 천천히 골목골목을 누빌수록 꽃그림 바다그림이 주는 이미지가 왠지 어색했다. 신천리에 속해 있는 천미연대, 현씨 본향당, 고칫당, 배고픈 다리, 용궁올레 등의 문화재와 전설을 스토리로 엮어 벽화를 완성했으면 마을 홍보 효과가 크지 않았을까. 괜한 아쉬움이 자꾸 머릿속을 어지럽혔다.

그때 나타난 '비욘드북카페' 유리 건물은 사막에서 만난 신기루였다. 제주도에서도 시골에 속하는 작은 어촌 마을에 북카페란 쉼터가 있어 여행객들 발길을 붙잡는다. 온전한 문화향유 공간인 듯싶어 차 한 잔을 마시며 속내를 들여다봤다.

산 너머, 바다 너머, 꿈을 찾고 사랑을 찾고 연인을 찾아 희망을 설계하는 곳. 아마도 제주올레길이 품고 있는 이상향일지도 모른다. 차 한 잔의 휴식을 끝으로 잠시 오던 길을 뒤돌아보는 여유를 가져본다. 바쁠 일도 급한 일도 없는 올레길에서의 망중한이 흐뭇해졌다.

성산읍과 표선면을 경계짓는 천미천 끝자락에 가운데가 오목하게 파인 '배고픈 다리' 가 있다. 사리 물때나 폭우가 내리면 다리가 물속으로 잠겨버린다. 그런 탓에 다리 앞 우회로를 알려주는 표지판이 더욱 인상 깊다. 이곳을 지나면 만나는 소금막해변에서 약 2㎞를 더 걸어 표선 해비치 해변에 도착했다. 드디어 3코스 종점이자 4코스 출발점 표지판이 보인다.

혼자 바라보며 생각하며 공감하며 걸었던 다섯 시간 정도가 아깝지 않았다. '해냈다'는 성취감은 올레꾼만이 누리는 오늘을 향한 '진정성'인 듯싶어 스스로에게 박수를 보냈다.

소금막 해변에서

여름 햇살이 뜨겁다.

해수욕을 즐기려는 사람들로 소금막 해변은 들썩거렸다. 여기저기 세워진 캠핑카 사이에 주차를 했다. 작은 텐트를 햇빛 가리개용으로 활짝 펼쳐놓았다. 그늘막 효과는 수영복 차림의 사람들 움직임조차 더욱 시원하게 만들어주었다. 주차장이 별도로 준비되어 있지 않은 작은 규모의 해수욕장이다. 복잡하지 않아 편안해 보였다.

캠핑을 즐기기 위해 필요한 화장실과 샤워실도 준비되어 있어 최상의 위치였다. 초보자를 위한 물놀이 강습도 받을 수 있어 일석이조의 장소다. 캠핑을 위한 모든 조건이 잘 갖춰진 소금막 해변에서는 남녀노소가 윈드서핑과 패들보드 강습을 받느라 분주했다. 그 가운데에서 캠핑을 위한 자리잡기가 완벽한 성공을 이루었다는 충족감은 스스로를 흐뭇하게 만들었다.

제주도 서귀포시 표선면에 위치한 '표선 해비치 해수욕장'과 더불어 '소금막 해수욕장'은 여름을 즐기려는 이들로 항상 북적거렸다. 고운 모래사장에 발 디딜 때마다 간질간질 발가락 사이를 파고드는 부드러운 감각은 오감을 자극시켰다. 심호흡을 가다듬으며 얼굴 한가득 소리 없이 다가온 해풍과 함께 쌉쌀한 소금기를 느껴본다. 바다와 하나가 된다. 황제도 부러울 일 없는 순간이다.

언제나 여행을 떠나는 일은 새로운 무엇과의 만남 아니던가. 낯선 사람과 새로운 공간과의 만남은 지친 삶에 활력을 불어넣어준다. 여행 일정을 확인한 후, 배낭꾸리기를 하는 날이면 자신감에 의욕이 불타기 일쑤다. 캠핑 목록을 만들 때면 달뜨는 마음으로 인해 밤잠을 설치곤 한다. 7월의 바다는 세상 모든 사람들을 불러들인다. 어머니의 품처럼 드넓은 바다는 끝도 없는 수평선을 만들며 호기심을 자극한다. 끼룩거리며 날고 있는 갈매기들도 굶주릴 일 없는 탓에 여유롭게 무리를 만든다. 천천히 파도가 밀려와 발목을 적신다. 짠물의 짜릿함이 무릎을 타고 가슴께에 와닿는다. 역시 바다는 텀벙텀벙 구르고 외쳐도 탓할 이유가 생기지 않아 좋다. 있는 그대로 끓어오르는 젊음이다.

소금막은 예전부터 가마솥에 바닷물을 담아 끓여 소금덩어리를 만들던 곳이다. 먹거리를 만들 때 소금처럼 중요한 식재료가 또 있을까. 간을 맞추는 일은 안성맞춤의 기본일 터였다. 싱겁거나 보기 좋아도 음식에는 소금이 필요했다. 짠맛이 강한 음식도 제 맛을 즐길 수 없다. 그러기에 옛날부터 소금막은 마을에 없어서는 안 될 중요한 장소였다. 그래서일까. 모험을 즐기는 장 하사의 얼굴빛이 유난히 반들거렸다. 18kg의 배낭을 메고 제주올레길을 걷는 일조차 낭만이라며 즐기는 그였다.

젊은 시절 배낭을 메고 떠나는 여행은, 모험심뿐 아니라 자신과의 싸움이기도 했다. 여행하고 나면 '해낼 수 있다'는 자부심을 확인하게 되며 스스로의 성취감에 만족하게 된다. 지난 봄 제대를 한 후, 떠나온 제주 여행이 그의 배낭 무게로 가늠되었다. 올레길을 걸으며 발가락에 잡힌 물집은 청춘이라 감내할 수 있는 상처였다. 배낭의 무게가 자신의 전생 업보라고 누가 말했던가. 그 값을 매길 수 없지만, 하루 종일 올레길을 걸은 후 쉴 수 있는 해안가 캠핑장은 출렁이는 파도만큼이나 낭만이 넘쳤다. 지금은 예전의 흔적조차 찾을 수 없지만, 반짝반짝 금빛 모래가 유혹하듯 시야를 어지럽히는 광경은 해수욕장에서만 맛볼 수 있는 진풍경이다.

패들보드가 파도에 휩쓸려 사라졌다 나타난다. 출렁이던 보드 위에서 중심을 잃어버린 장 하사는 파도에 온몸이 부딪쳐도 즐거워하며 웃는다. 천진난만하면서도 생생하게 살아 움직이는 웃음소리가 해안가까지 메아리돈다. 몇 배로 행복 충전이다. 그에게 파도는 무섭다기보다 장난감놀이를 하는 병정처럼 흥미로운 무대일 뿐이다. 병정놀이가 이렇게 재미있었을까. 보드와 파도에 몸을 맡긴 후 양 팔 벌리고 일어서는 데 성공한 장 하사는 바다에 또 다른 추억을 심어놓기 급급했다. 출렁이는 파도에 패들을 맡겼다. 몸이 합체를 이루는 경지에서 맛본 패들의 스릴과 짜릿함을 잊지 못해 그는 또 바다를 찾을 터다.

오늘도 소금막에 뉘엿뉘엿 해가 저물기 시작한다. 돗자리를 걷는 사람, 파라솔을 치우는 손길, 패들을 정리하는 강사들, 모두 분주해지는 시간이다. 우리는 텐트 속에서 느긋하게 그들의 움직임을 따라 눈동자를 굴려본다. 한두 사람씩 해변을 떠나면 파도 소리도 숨죽일 듯하다. 고요해진 해변에서 즐기는 저녁식사의 매력 또한 캠핑객들이 누리는 호사 아닐까. 서서히 붉은 기운이 하늘을 덮고 바다를 물들인다. 지글지글 팬에서 익어가는 고기 냄새를 음미하며 맥주잔을 기울인다.

옆에 사랑하는 이가 있으면 더 좋겠다. 둘이 마주보는 눈빛만으로도 행복한 그림을 그리고 싶은 찰나였다. 옆 텐트에서 야채를 듬뿍 나눠준다. 만난 적 없는 낯선 이들의 나눔에 정이 묻어났다.

"힐링이다."

바로 이 맛이다.

제3장

술꽃 연가

복수초 편지

친정어머니를 보내드리고 오던 날.

눈 쌓인 설악의 바람은 봄을 재촉하고 있었다. 폭설로 무게를 견디지 못해 부러진 나뭇가지 틈새로 노란 빛을 내뿜는 꽃봉오리가 눈에 띄었다. 순간, 친정어머니의 그림자가 내 몸을 붙잡으며 어른거렸다. 봄의 전령사 복수초는 친정어머니께서 가장 좋아하던 꽃이다. 혹독한 추위를 이겨내고 꽃피운 생명력이 어머니의 분신인 듯 아련하게 가슴을 파고들었다.

눈 속에서 피는 연꽃 같아 설연화, 이른 봄 얼음 사이에서 피어나므로 빙리화 또는 얼음새꽃이라 불리는 복수초는 꽃만 불쑥 튀어나와 보여 땅꽃이라 불리지 않던가. 따스한 볕을 기다리며 황금빛으로 피어난 복수초의 꽃말은 동양에서는 "영원한 행복"이다. 서양에서는 아도니스가 죽으며 흘린 피가 꽃으로 피어나 "슬픈 추억"이라 했다. 꽃말의 상징이 행복과 추억이듯 어머니께서 좋아하던 이유가 새삼 피부에 와 닿았다. 주위 시선 아랑곳없이 노란 빛을 뿜어내니 어머니 가신 길도 편안했으면 하는 바람이다. 잠시 생각과 달리 눈에서는 후회의 눈물만 쉼 없이 흘러내렸다.

복수초는 한겨울 영하의 기온을 뚫고, 스스로 살아남기 위해 온열을 뿜어내느라 고단하고 지쳐 있을 터였다. 다른 식물들보다 먼저 꽃을 피웠으니 땅 위에서 견뎌야 하는 고통 또한 애잔함으로 남아 안쓰러워 보였다. 끊임없이 언 땅을 녹이고 잔설 위에서 샛노란 미소를 내뿜기 위해 인내하며, 기다림의 세월을 보내지 않았을까. 바라볼수록 죽음 앞에서 삶을 정리하던 어머니의 당당한 모습과 겹쳐져 발길을 멈추고 말았다.

친정어머니는 당뇨로 인한 합병증으로 위암에 걸렸으며 생명이 일 년 정도밖에 남지 않았음을 당연하게 받아들였다. 옛날보다 문명이 발달한 탓에 살고 싶은 욕망이 하늘을 찌르고도 모자랄 요즘이다. 어머니는 죽음을 통보받은 후, 살아계실 동안 당신이 떠날 새로운 세상에 대한 여행을 준비하고 있었다. 우리 형제자매는 당혹감을 감출 수 없었다. 여든다섯 해를 살아온 어머니는 가족의 역사도 기록하고 싶어했다. 총기가 있을 때, 자서전 쓰기를 배우고 싶다고 내게 부탁하셨다. 그 말을 듣고 며칠 동안 어머니보다 내 감정을 추스르지 못해 방황해야만 했다. 아침마다 동네를 산책하고, 외출

할 때는 화장도 잊지 않고 하셨다. 잠자리에 들기 전 피부 손질도 빼놓지 않던 모습을 지켜보며 나이 듦에 대한 고정관념이 서서히 무너져내렸다.

당뇨와 위암도 부족해 알츠하이머 초기 증세를 보인다는 의사 소견에 우리 형제자매는 또 한번 긴장했다. 어머니는 병이 심해져 의식이 없더라도 의료기구에 의지해 무리하게 생명을 연장하지 말아달라는 당부를 거듭 되뇌었다. 정신이 맑은 날, 장기기증 서류에 차분하게 서명까지 하셨다. 평소 어머니가 저렇게 용감하고 단호한 분이었던가. 그런데 왜 몸 관리를 하지 못해 당뇨에 걸렸을까. 새삼 놀라며 오래 살 수 없는 어머니의 마지막 말을 소원으로 받아들였다.

침대에 누워 계시던 어느 날, 가족사진과 독사진 찍기를 권유했다. 추한 모습 보이기 싫다며 사양할 줄 알았다. 예상과 달리 흔쾌히 허락하는 얼굴빛이 낯설게 느껴졌다.

"마음대로 찍어도 괜찮아. 틀니 뺀 얼굴만 찍지 말고."

농담처럼 건네는 한마디 한마디에서 나도 모르게 서러움이 복받쳤다. 나이가 들어도 여자이고 싶고, 아름다워 보이고 싶고, 정갈해 보이고 싶은 소망을 탓할 수 있을까. 어머니는 우리 주변을 엄습해오는 이별에 대해 슬퍼하거나 아쉬운 행동 하나 원치 않았다.

"지금이 가장 행복해."

그동안 모두 용서하고 이해하고 화해하며 사랑을 실천하

듯, 꿋꿋한 행동을 대할 때마다 마음 한 칸이 무너져내렸다. 하루하루 흘러가는 시간에 충실했던 어머니였다. 돌이켜보면, 회한도 후회도 미련도 있지 않았을까. 치매로 정신줄을 놓아버릴 수 있으련만 주변 정리를 위해 아프단 표현도 못하였을 테니 자식 입장은 복받은 셈이다. 종교에 귀의하지도 않았고 신적 존재를 믿지도 않았는데 당신의 소멸을 아름답게 남기려 했으니 고맙고 감사한 일이다. 평소 어머니가 겪어온 생의 고비마다 베푼 일보다 받은 정이 더 많은 탓일까.

사는 동안 주변에서 받아온 사랑이 많았다고 생각했기에 이승을 떠나며 모든 욕심을 버리고 아낌없이 내려놓으려 했을지 모른다. 곱씹어 생각할수록 어머니의 처연한 태도에 의문이 쌓였다. 아들 딸 한 사람 한 사람에게 이별의 편지까지 써놓고, 저승에 계신 아버지를 만나 자랑이라도 하고 싶었을까. 조용하게 임종을 맞이하던 날, 남은 가족은 눈물조차 흘릴 수 없었다.

당신 죽음을 정리하려 애쓴 어머니의 모습엔 치매란 말은 어울리지 않았다. 치매 환자들 대부분은 자신의 병을 인정하려 들지 않는다 했는데 어머니는 그 반대였다. 혹여 어머니가 걸린 치매란 병은 긍정적이고 소신 있는 행동 에너지가 강하게 분출되는 증상 아니었을까. 갈수록 깔끔하게 죽음을 맞이하려는 태도 자체가 병이다 싶었다. 아니면 남아 있는 자식들 고생 덜어주기 위한 마지막 모성애였을지도 모른다.

복수초는 꽃을 피워 종족 번식을 먼저 한 후, 자신의 생존을 위해 잎을 만들고 광합성을 하며 뿌리를 살찌운다. 어머니의 일생 또한 그러하지 않았던가. 야생의 복수초는 보통 3~4년이 지나야 꽃을 피우게 된다. 그 질긴 생명력은 자연의 신비와 함께 우리에게 희망을 선물하고도 남음직하다. 춥고 긴 겨울을 몇 번 견뎌낸 후 비로소 예쁜 꽃을 피울 수 있는 야생화 한 송이에서 어머니의 진정성을 깨닫고 싶어졌다. 죽음 자체를 받아들이고 담담하게 주변을 정리할 수 있는 진정한 용기에 답장이라도 보내드리면 혼란한 마음이 정리되려나.

복수초 이파리에 고운 손글씨로 편지를 써본다. 온 마음을 우표 대신 붙인다면 먼 저승길에서 아버지와 함께 쉬엄쉬엄 읽어보시겠지.

따스한 흔적

택배가 왔다.

발신처가 군산으로 되어 있다. 직사각형의 종이 박스 속에는 비닐봉투 여러 개가 가지런히 들어 있었다. 반들반들 반짝이는 상표에는 보리쌀, 현미, 흑미, 참깨, 밀가루 등이 보기 좋게 표기되어 있다. 보낸 이를 확인하지 않아도 농사를 짓고 있는 제자가 보내준 귀한 선물꾸러미임을 알 수 있었다. 묵직한 비닐봉투에서 전해오는 정성이 가슴을 찡하게 울린다.

그녀는 경찰관으로 근무하다 남편의 고향으로 귀농을 했다. 두 아들과 알콩달콩 살며 농사를 늘려갈 무렵이었다. 예상하지 못한 교통사고로 남편을 먼 세상으로 떠나보냈다. 시부모는 아들을 잡아먹은 며느리라고 가까이 두려하지 않았다. 지아비를 잃은 슬픔을 어떻게 달랠 수 있었을까. 시간이 지나도 여전히 논농사와 밭농사를 꾸려가는 그녀를 억척스럽다 말할 수 없었다. 그저 간간이 들려오는 소식만 들어도 대견하고 의젓해보였다. 그녀가 혼신의 힘을 들여 지은 농산물을 가만히 앉아 받고 있으니 과분하다는 생각뿐이다.

한 알 한 알의 곡식을 수확할 때마다 사려깊었던 남편이 떠오르련만 꿋꿋하게 웃고 떠들며 영농조합을 이끌어가고 있다. 농사지은 쌀로 떡을 만들어 전파하며 영농후계자로 자리잡은 지 몇 해가 흘렀다. 어떤 떡을 만들어 보급하고 강의를 해야 할지 고민하는 모습을 볼 때마다 음식에 대한 그녀의 열정을 실감하곤 했다. 그녀의 일거수일투족은 삶에 대한 용기를 불러일으키는 듯 당당하고 멋져보였다.

인절미와 가래떡 또한 일 년에 두어 번 받아보는 선물품목이 되었다. 아마도 내 별명이 '떡보'임을 기억하는 그녀의 배려가 한몫 했으리라. 그녀는 항상 어떤 요리를 하든 어떤 식재료로 만들던 천연 그대로의 향과 풍미를 지키려 힘썼다. 멸치, 양파, 무, 쑥도 가루를 만들어 색을 내고 국물을 우려냈다. 당연히 그녀의 음식 사랑은 남다를 수밖에 없다.

'농자천하지대본農者天下之大本'이라 했지만, 우리는 쌀 한 톨이 귀한 줄 모르는 시대에 살고 있다. 먹거리가 귀하던 시절 이야기는 과거일 뿐, 집 안에서나 집 밖에서나 맛난 요리를 찾는 일은 취미생활의 한 방편이 되어버린 지 오래다. 얼마 전, 지인의 딸 결혼식장에 갔을 때였다. 피로연은 화려한 호텔 뷔페였다. 붐비는 인파 사이에서 개인용 접시를 들고 무엇을 먼저 먹어야 할지 잠시 서성거려야 했다. 눈앞에는 한식, 일식, 중식, 양식이 펼쳐져 있었다. 식재료 이름이나 원산지도 짐작이 가지 않는 음식 냄새가 코끝을 간지럽혔다.

수십 종류의 요리를 한 개씩만 맛봐도 불룩해질 배를 상상하니 기가 질렸다. 눈요기만으로도 침이 꼴깍 넘어가는 산해진미를 두고 적당히 먹는 일은 쉽지 않았다. 집에서 쉽게, 자주 해먹는 음식이 아닌 별식 앞에서 식탐의 유혹을 이겨내기란 인내심에 한계를 느껴야 했다. 이왕 참석한 자리, 많이 먹든 적게 먹든 주인 부담은 똑같을 터였다. 우선 양껏 배부르게 먹어보자는 식욕이 머릿속을 지배했다. 과욕은 과식을 불렀다. 결국 내 몸에는 필요치 않은 음식물 찌꺼기가 무수히 많은 쓰레기로 변해 뱃속을 차지해버렸다. 축하를 위해 간 즐거운 자리에서 식탐이 불러온 결과는 더부룩한 배부름으로 인해 불쾌감과 후회로 몸살을 앓는 일이었다.

먹거리가 부족하지 않은 세상이다. 돈만 주면 마음에 두었던 음식을 맘껏 먹을 수 있는 기회가 많은 요즘이다. 내 몸은 식탐에 절어 분수를 잃은 셈이 되었다. 그런 날이면, 그녀의 집을 방문했을 때, 그녀가 차려주었던 소박한 밥상이 떠오른다. 김치에 수제비가 전부였지만 얼마나 맛나고 즐거웠던가. 불고기 한 접시, 자반 한 토막이 없었어도 분주히 차려준 밥상은 옛 추억 속에서 되살아나곤 한다.

이즈막엔 밀가루를 반죽해 한 술 한 술 떠넣어 끓인 수제비가 걸인의 찬 황후의 밥에 비교될 만한 특별식으로 자리를 잡았다. 그날 수제비를 담은 대접 속에는 웃음이 넘쳤고, 별이 쏟아져 들어와 채워졌다. 비록 조촐한 밥상이었지만, 넘치지도 부족하지도 않은 소중한 마음까지 덤으로 얹어져 적당히 배가 불렀다. 행복할 만큼 배가 채워졌기에 뱃속에는 불필요한 찌꺼기 따위가 쌓일 틈 없이 깨끗하게 청소되지 않았던가.

제자가 보내준 곡물과 떡은, 그녀의 정성과 사연이 보태져 값을 따질 수 없는 가치를 지닌 보석으로 변해 있다. 작은 알갱이들을 모아 되로, 말로, 가마로 만들어 수확할 시기엔 허리도 휘고, 이마에 땀방울도 쉼 없이 흘렀을 일이다. 남에게 있는 많은 재물보다 귀하고 귀한 선물은 그녀의 아픔과도 같다. 그녀의 음식사랑은 무한의 정情이 되어 부메랑처럼 돌아와 온기를 만들어준다.

택배 꾸러미는 그녀를 잡았던 손처럼 말이 없어도 생각나게 만든다. 또한 다정하게 만드는 흔적으로 남아 언제나 내 가슴을 훈훈하게 데워줄 게다.

술꽃 연가

맑은 제주 바당.

우연히 종달리 '술도가'에서 제주 전통주를 만들 기회가 생겼다. 종달리로 향하는 동안 제주 전통 막걸리에 대한 유혹이 잔잔한 파도와 함께 설렘과 기대를 더해주었다. 논농사가 힘들었던 제주도에서 술을 빚어내는 일이 쉽지 않았을 텐데 막걸리는 서민문화 한가운데 자리잡고 있다. 동서고금의 역사와 문화에는 '술'에 대한 흔적과 애환이 따가운 여름 햇살처럼 도사리고 있지 않던가. 제주도 밭벼와 누룩을 발효시켜 만드는 전통주 체험은 일상 속에 감춰져 있던 외할머니와의 추억까지 되짚어보게 만들었다.

어린 시절, 외가 뒤뜰에는 내 키보다 큰 항아리들이 배를 불쑥 내민 채 버티고 있었다. 셀 수없이 많았던 항아리숲은 어린 손자손녀들의 놀이터로 안성맞춤이었다. 항아리에는 간장, 된장, 고추장뿐만 아니라 썩은 감자가 한가득 담겨 있기도 했다. 넓고 깊은 속만큼 빗물이 찰랑찰랑 담겨 있을 때도 있었다. 동생들과 술래잡기를 할 때면 덩치 큰 항아리 뒤쪽은 훌륭한 도피처가 되어주곤 했다. 그 중 외할머니께서 가장 아끼던 항아리는 외할아버지와 우리 아버지만을 위한 술독이었다.

외할머니께서 정성스럽게 빚어놓은 술에서는 달콤한 냄새가 솔솔 풍겨나오곤 했다. 발뒤꿈치를 들고 까치발을 해도 속이 들여다보이지 않을 만큼 컸던 항아리들이었다. 그 중 유독 술독에서는 근처에서도 알아챌 정도로 향기가 폴폴 번져나왔다. 술독은 외할머니의 보물단지 중 하나였다. 외가에 갈 때면 무남독녀였던 어머니 덕분에 우리 형제자매는 귀한 대접을 받곤 했다. 아들을 낳지 못한 외할머니께서는 항상 죄인처럼 기를 펴지 못했다. 안채를 외할아버지 후처에게 내주고 사랑채에서 살고 계셨다. 지금 생각해봐도 외할머니의 유일한 낙은 술을 빚는 일 아니었을까 싶다.

"맑은 물이 있어야 제 맛이 나!"

술항아리를 하얀 행주로 닦으실 때도, 뚜껑을 열고 손가락으로 술을 찍어 맛볼 때도 외할머니는 물이 좋아야 한다고 중얼거렸다. 두레박으로 우물물을 길어먹던 시절이었다. 좋은 물을 만들기 위해 얼마나 많은 정성과 사랑과 기도를 쏟아부었을까. 오직 외할아버지와 아들 같은 사위를 위해 정성

들여 빚으셨을 곡주에는 말 못할 할머니의 속내가 둥둥 떠다녔을지도 모른다. 이제와 생각해볼수록 술 향기보다 진한 멍울이 속 깊은 항아리를 가득 채웠을 듯싶다.

우리 가족이 외가를 방문할 때면 외할머니는 언제나 버선발로 달려나와 막내동생을 받아 안으셨다. 등에 막내동생을 업은 후, 할머니께서 가시던 곳은 뒤뜰에 놓여 있는 술항아리였다. 맑은 술을 한 사발 떠오셔서 아버지에게 마셔보라고 손짓만 하시던 외할머니였다. 사양도 하지 않은 채, 벌컥벌컥 들이켜던 아버지와 미소 지으며 흐뭇하게 바라보던 할머니의 눈동자를 평생 잊을 수 없다.

외할머니의 막걸리 사발에는 별이 들어 있는 듯 보였다. 달도 들어 있는 듯 보였다. 방에 앉기 무섭게 새끼손가락으로 휘휘 저어주던 막걸리 한 사발에는 안주도 없었다. 보리차도 냉차도 아니었는데 외할머니는 제일 먼저 아버지께 늘 술 사발을 권했다. 아마 외할머니에게 아버지는 외할아버지보다 우선이고, 전부였는지 모른다. 내게 아버지와 어머니가 최고이듯, 외할머니에게는 외할아버지보다 하나밖에 없는 딸의 남편인 사위가 최우선이어야 하지 않았을까. 내 유년의 기억 속에 각인되어 있는 그 장면은 성인이 되어서도 잊히지 않았다.

고두밥을 지어 식혔다. 그 다음 누룩과 물을 넣어 발효시킨 지 이틀이 지나자 통 속에서 보글보글 거품이 끓어오르기 시작했다. 예로부터 물은 신神이 만들고, 술은 사람이 만든다고 했다. 그만큼 물과 술은 평행의 관계였다. 그러기에 물은 생명을 이어주는 소중한 생명수 아니던가. 고단한 시집살이에서 하나뿐인 딸과 사위는 외할머니께 생명수와도 같은 존재였을 터다. 아낌없이 무엇이든 내줘도 부족하거나 모자람이 없는 아들 같은 사위가 우리 아버지였으리라. 그런 사위에게 내어줄 귀한 음식이 직접 만든 술밖에 없었다.

아들이 없다고 소박당하지 않았음을 늘 고마워하는 외할머니의 여린 마음을 누가 보듬어줄 수 있었을까. 아마 아버지는 외할머니의 아들 노릇을 제대로 해내지 못했을 일이다. 아무리 효심을 보인다 해도 외할머니의 술맛과 정성을 따라갈 수 없지 않았을까. 아들이 없는 외할머니는 작은할머니의 득남 소식에 허탈하셨을 게다. 요즘 세상은 아들, 딸 구분하지 않는다 하지만 딸만 둘인 난 외할머니의 속앓이가 무심하게 생각되지 않는다.

항아리에 담아둔 술이 열흘쯤 되자 발효가 되기 시작했다. 베보자기에 넣어 약 짜듯 비틀어 지게미를 걸러낸 후 병에 옮겨 담았다. 어릴 적 외가 뒤뜰에 있던 항아리를 사용할 수는 없지만 흉내라도 내보고 싶은 손녀딸의 마음이다. 뽀얀 빛깔이 출렁, 외할머니의 미소를 만들어냈다. 오늘 만든 술을 좋은 물 만드느라 맑은 심성만 품으셨던 외할머니의 무덤 자락에 뿌려드리면 예쁜 술꽃이 피어나지 않을까.

지금도 외할머니 무덤가에는 맑은 술꽃 향기가 방울방울 솟아나고 있을 터다.

꽃의 계곡에 빠지다

섬을 벗어나는 일은 설렘의 연속이다.

오전 10시경 출발하는 에어인디아에 탑승하려면 제주도에서 하루 전 육지로 나가야 한다. 국내가 아닌 미지의 나라로 떠날 때, 가슴은 언제나 핑크빛으로 뜨거워진다. 십여 년 전 인도를 여행할 때마다 꼭 가보고 싶던 누브라 밸리Nubra Valley였다. 그곳에 가려면 라다크 주도인 레Leh로 들어가야만 했다. 인도에서 라다크 지역은 고산지대라 해마다 6월, 7월, 8월에만 육로길이 뚫린다. 여름철을 제외하고는 폭설과 결빙으로 육로가 막혀 오가지 못한다. 험한 오지마을이라 기회만 노리다 위드with 코로나 소식과 동시에 비행기 표를 예매하고 말았다.

잠무 카슈미르 주의 최대 도시인 레에 도착했다. 그림물감으로도 표현할 수 없는 푸른 하늘이 둥실둥실 두 팔 벌려 환영해준다. 해발 3,048m에 자리한 도시의 스산한 진흙언덕이 온몸을 파고든다. 바람 따라 펄럭이는 오색 룽다를 보며 이곳은 힌두신보다 부처님을 더 숭배하는 고장임을 알아챘다. 나무며 돌이며 원숭이며 코끼리며 모두 신으로 존중받는 힌두의 가르침이 머릿속에서 아련하게 멀어져간다.

자비의 화신 부처께서, 척박한 땅에 터전을 잡은 선량한 사람들에게 무량함과 전생에 인연과 업보를 되짚어볼 기회도 주신 듯싶다. 북쪽으로 카라코람산맥과 남쪽에는 라다크산맥이 버티고 있어 병풍처럼 펼쳐진 설산 너머가 호기심을 불러일으킨다. 산들은 사계절 내내 초자연적인 위용을 뽐내며 제자리를 지키고 있다. 대자연 앞에 늘 겸손함을 지키려는 라다크인들은 그래서 더 선량해보인다.

루브라 밸리로 이동하기 위해서는 세계에서 가장 높은 자동차도로인 카르둥라Kardungla 고갯길 5,606m를 지나야 한다. 카르둥라 휴게소 너머로 펼쳐진 라다크 또는 잔스카Zanskar산맥의 봉우리는 시시각각 여행객 마음을 사로잡는다. 움직임 없는 산맥의 웅장함에서 처음 방문한 관광객들은 생각을 잊는다. 태어난 곳, 자란 곳, 살던 곳이 모두 무색해진다. 무엇 때문에 살고 있으며 카르마karma는 무엇인지 떠올릴 기회도 없다. 고산이 주는 두통과 어지러움과 메스꺼움조차 느끼지 못한다. 황홀함과 뿌듯함에 마냥 탄성을 지르고 만다. 산봉우리마다 신의 그림자가 손짓하듯, 시야를 어지럽힌다. 신이 사는 험준한 영역에 내가 끼어들 자리가 있을까. 미미한 내 존재는 계곡을 치닫는 눈보라 소리에 움찔 기가 꺾이고 만다. 바람이 허공을 긋고 치달려와 뺨을 때린다. 그 찰나를 뚫고 룽다와 타르초에 적힌 경전 소리는 오르지 못할 정상을 향한 아쉬움으로 펄럭거린다.

최고 높은 정점에서 인증사진 찍기에 바쁜 이들은 갖은 포즈를 취하며 멋을 내느라 분주했다. 셔터의 가냘픈 진동이 전해질 때마다 만족한 여행객들은 성급히 자동차 시동을 걸고 자리를 뜨기에 바빴다. 발밑에 쌓이던 눈발은 어느새 살얼음판으로 변했다. 위험을 초래하던 변화무쌍한 날씨가 낯선 이방인을 맞이하는 신들의 또 다른 환영사일까. 제 속도를 낼 수 없는 차창 밖은 빙하가 녹아내린 물이 흘러넘쳐 길을 막았다. 녹지 못한 눈덩이는 군데군데 일차선을 점령하고 있다. 내가 선택한 길 앞에서 넋을 놓고 있을 때, 오토바이를 탄 사람들이 휘파람을 불며 앞지르기에 열을 올린다. 이즈막 인도의 상류층 젊은이들에게 유행하는 오토캠핑 여행자들이다. 특정인만 누릴 수 있는 당당함이 겸허하기만 한 산자락에서 통할 수 있으니 인도가 지닌 특권 중 특권일 터다.

아슬아슬한 고개를 넘어 조심조심 내려오자 눈앞에 펼쳐진 강줄기는 그대로 평온함을 선물해준다. 누브라 밸리는 인도 최북단을 지키고 있다. 서쪽으로는 파키스탄과 동쪽엔 중국을 각각 국경으로 하고 있으며 잠무카슈미르 주에서 세 갈

래의 계곡이 만나 흐르는 지역이다. 물줄기를 따라 라다크 계곡 중 가장 아름다운 경관을 지닌 "꽃의 계곡"을 바라본다. 신들의 계곡으로 알려져 몹시 궁금했다. 티베트고원으로부터 발원한 인더스강의 두 지류인 쉬옥강Shyok River과 시아첸강Siachan River이 산자락을 감싸고 있어 찾는 이들의 눈을 자극한다.

기온은 영하 20도를 밑도는 기간이 연중 8개월 동안 지속된다. 산봉우리마다 정상은 시간의 흐름과 상관없이 하얗게 쌓인 만년설을 자랑한다. 설산을 뒤로 한 앞쪽 산자락에는 푸른 녹색의 나무들로 인해 사람이 살 수 있다. 마을은 강수량이 적고 기온이 낮아 척박한 환경이다. 거주민들은 밀·보리·호두·아몬드 등을 생산하며 불편함을 이겨내고 있다. 그동안 조상 대대로 그들만의 고유 방언을 사용해오고 있다. 지금까지 그들은 연신 웃고 소통하며 자기들 영역을 굳건히 지켜왔다.

고도가 낮아지자 멀리 황량한 돌산이 나타났다. 돌산 사이로 지칠 줄 모르고 흘러내리는 강줄기가 보였다. 인도에서 맞이한 또 다른 별천지를 머릿속에 구겨넣는다. 굽이굽이 휘돌아치는 물줄기는 사막에서 만난 오아시스만큼 반갑고 장엄하다. 강의 수면과 도로 높이가 같아 보이자 낮은 곳으로 내려왔다는 안도감이 시야를 넓혀준다. 살아오며 위험과 두려움에서 벗어나본 일이 몇 번 있었을까. 숨을 길게 내쉴 수 있는 편안함은 오지의 세계에서 맛본 최대 사치였다.

계곡을 끼고 달리던 차가 멈춘 곳은 평지처럼 낮은 디스킷Diskit 마을 입구의 곰파다. 1420년에 지어진 곰파 맞은편에는 거대한 좌불상이 협곡을 지키고 있다. 부처님은 이곳을 찾아온 사람들뿐 아니라 세상 모든 이들에게 자비심을 설법하고 있는 꽃의 화신처럼 빛나보인다. 입가에 번지고 있는 미소조차 파키스탄과의 영토분쟁도 부질없다며 화평을 강조하는 듯싶다.

오래된 탱화로 가득한 곰파 안에서 마니차를 돌리자 꽃의 계곡에 만다라가 활짝 흩어진다. 무한정 지켜보는 일도 여행객에게는 선문답을 찾아나설 기회가 될 일이다. 우여곡절을 겪으며 이곳까지 오고 싶었던 이유가 우담바라를 피워내는 불심을 확인하기 위한 일이었던가. 빙하가 녹아내려 꽃을 만든 계곡에서 모든 이웃이 하나 되는 꿈을 꾼다.

결빙도 사랑이라면

홍매화가 수줍게 손짓한다.

지난 겨울 맵차던 바람과 폭설을 잊지 못하고 있는 터라 선뜻 매화 향기에 취기가 돌지 않았다. 군데군데 얼음의 여운이 물을 만들고 있으니 이만하면 봄소식으로 충분했다. 아직 바람결은 차지만 소소한 사람들 마음은 벌써 봄볕으로 포근해졌다.

며칠 전만 해도 혹한으로 꽁꽁 얼어붙었던 대지다. 여기저기 결빙 소식은 시간조차 잊게 만들었다. 몇 년 동안 '코로나19'라는 혼돈의 시간을 보내며, 주변 상황은 변모에 변모를 거듭했다. 그래도 우리들은 새로운 신조어와 함께 환경에 적응하며 꿋꿋하게 살아가고 있다. 거리두기가 빚어낸 풍속도는 결빙시대를 암시할 사이도 없이 누구나 겪어내야 하는 시련의 순간으로 자리잡았다. 부드러운 액체와 같은 속성을 지닌 물의 흐름을 간과할 수 없듯 바이러스가 파고든 사회는 상실시대를 성찰하도록 최적화되어갔다.

해 너머로 사라져가는 겨울을 보내며 이즈음 한해를 견뎌 온 세상 모든 만물에 감사와 고마움을 느끼게 되었다. 사람은 사람대로 식물은 식물대로 자신에게 맞는 조건에서 뿌리 내리기를 거듭하며 싹을 틔웠다. 이즈막, 성숙한 종자가 발화되기 적합한 환경에서도 싹을 틔우지 못하는 상태가 있다는 사실을 알게 되었다. 여러 종자들의 휴면상태는 식물이 살아가는 데 필요한 하나의 생존전략이라고 한다.

온대지방에서는 가을에 성숙한 종자가 저온처리를 거쳐 발아함으로써 겨울을 지낸 후 봄에만 싹이 나도록 되어 있다. 어떤 종자는 토양 속에서 수년간 휴면상태에 있다 비가 오면 억제제가 씻겨나가 우기에 맞추어 싹을 틔운다고 한다. 이 종자들은 겨울의 추위가 없었다면 봄을 맞이할 기회가 생기지 않았을지도 모른다. 혹한의 추위가 누구에게는 시련의 시기가 되기도 하겠지만, 이러한 종자들에게는 봄을 준비하는 기간이라는 당연성이 오늘 따라 절실하게 다가왔다.

문득, 결빙의 시기에 새로운 종자를 품을 수 없다면 희망도 꿈도 사랑도 찾을 수 없게 될까 두려워졌다. 그러기에 제주에서 맞이한 겨울은 감귤 수확과 함께 설렘을 불러왔다. 봄바람과 함께 실려오던 하얀 꽃향기는 머리를 어지럽혔다. 그 어지러움은 힘들고 불편한 일이 아니라 달콤하고 푸근한 평화였다. 알싸한 귤꽃에 반해 혼미했던 정신을 가다듬을 즈음엔 푸른 빛을 띤 열매들이 앞다투어 크기를 자랑했다. 청귤의 흔적은 여름을 보내고 가을을 지나 겨울바람에 노랗게 숙성되어 새콤달콤한 유자 향기를 뿜낸다.

지난 겨울 제주에 찾아온 57년 만의 한파로 인해 동네마다 흐드러지게 열린 귤나무가 냉해를 입게 되었다. 수확 시기를 코앞에 두고 불어닥친 한파는 농민들 가슴에 '코로나19' 못지않은 대못을 박아놓았다. 종자들만 휴면이 필요한 일은 아니었다. 감귤나무에도 휴식이 필요했다. 상품가치 없는 귤까지 모두 따버리지 않으면 벌레들이 침범해 나무가 상처를 입게 된다. 또한 귤나무는 화아분화 시기가 되면 말라죽거나 영양실조 상태가 되기도 한다. 그러면 다음 해에 수확이 줄어들어 농민들은 또 피해를 보게 되는 악순환이 반복된다. 천재지변으로 발생되는 피해와 휴면종자의 역할은 그래서 더욱 사람의 능력으로 감당할 수 없는 한계점을 만들어내기도 한다.

동장군의 심술에 지쳐버린 지인의 한숨 섞인 넋두리는 귤농사에 대한 동경을 묵살시키고도 남았다. 그는 오천 평 규모의 밭에 레드향을 재배하고 있었다. 이번 한파로 냉해를 입은 레드향을 수확할 수 없게 되어 내게 마음대로 따다 먹으라는 전화가 왔다. 특상품이 될 수 없는 고가의 레드향 처지가 딱하고 애달팠다. 며칠 지나면 먹을 수도 없어 쓰레기 취급만 받는다는 속사정이었다.

안타까운 마음에 그의 농장으로 달려가 양껏 레드향을 따왔다. 가위질을 할 때마다 구겨진 그의 얼굴이 아른거렸다. 하루 빨리 나무에서 열매를 제거해야 다음해 열릴 감귤 수확을 도와주는 일이라 생각했다. 그에게 위안이 될 수는 없겠지만 이렇게라도 도움을 줄 수 있어 다행이라 여겼다.

욕심껏 따왔던 레드향은 하루 이틀이 지나자 상하기 시작했다. 육지에 사는 지인들에게 공짜로 생긴 레드향이라고 자랑하며 택배로 보낸 일을 후회해야만 했다. 어쩔 수 없이 부지런히 껍질을 벗겨 일부는 냉동실에 보관하고 나머지는 잼을 만들어 이웃에게 나눔을 시작했다. 생각지도 않은 선심을 쓰며 고맙다는 인사를 받을수록 피해농가에 대한 미안함이 배가되었다. 육지보다 따스한 남쪽 섬 제주에서 엄동설한을 견디지 못해 냉해를 입은 레드향이지만 내년에는 좀 더 기후에 강해질 수 있는 면역력이 생기길 바랄 밖에 도리가 없었다.

매화 벙그는 봄날, 파릇파릇 반짝거리는 귤나무 이파리들 춤사위가 결빙의 계절을 잊기 위한 몸부림은 아닐지 궁금해졌다. 아마도 자연에 적응하며 살아가기 위해 면역력을 키우려는 모두의 사랑법일지도 모른다.

길에서 길을 묻다

언제나 낯선 길에 대한 두려움을 갖고 산다.

호기심에 새로운 길을 달려보지만, 금방 가슴은 콩당콩당 방망이질친다. 혹, 이 길에서 무슨 일이 벌어지지는 않을까. 궁금증은 어느새 두려움으로 변해버린다. 왜, 새로운 길에 대한 자신감이 사라지는 걸까. 그래서인지 운전을 싫어하지만 필요에 의해 운전대를 잡아야 하는 일이 거듭되고, 반복적인 일상은 하기 싫은 일도 하면서 살게 한다.

잠시 캐나다에 머물 때였다. 낯선 환경에 적응하기 전, 기다림에 대한 새로운 인식을 깨우쳐야 했다. 차보다 사람이 우선인 캐나다의 도로주행 에티켓은 매 순간 당혹스러움을 안겨주었다. 도로에서 차는 언제나 사람을 기다려주어야 한다. 비보호 좌회전에서의 기다림에도 익숙해져야 했다. 내 일상에서의 조급함은 무엇이었던가. 새삼 'STOP' 표지판 앞에서 왼쪽, 오른쪽을 둘러보자 환하게 뚫린 가슴속 길이 보이기 시작했다. 쭉 뻗은 두 갈래 길이었다. 왼쪽과 오른쪽, 아니 때론 세 갈래일 때도 있었다. 왼쪽과 오른쪽, 그리고 직진 방향, 그 길들은 반드시 선택을 요구했다. 캐나다에서는 언제나 직진 차가 우선이고, 좌회전은 그 다음이다. 도로에 신호등이 네 칸짜리보다 세 칸짜리가 더 많기 때문일까.

우리 삶도 길 위에서처럼 원칙과 규칙이 정해져 있다면 굳이 'STOP' 표지판 앞에서 두리번거릴 일도, 기다리며 생각하고, 주춤거릴 일도 없을 터다. 길은 언제나 어디서든 달리기를 원한다. 캐나다 도로에서는 60㎞ 이상의 속도를 필요로 하지 않는다. 그러기에 16세 이상이면 운전면허증을 소지할 수 있지 않던가. 청소년들에게 운전면허증을 발급하며 차에다 커다랗게 안전표시판을 부착해주는 어른들의 원칙이 부러웠다. 청소년 면허 소지자의 차량에는 60㎞ 이상 과속을 못하게 장치를 만들어주었다. 그들 역시 길에서 또 다른 길을 볼 일이다. 곧장 뻗은 직선로만 볼 수 있다면 그들은 그 길에서 무엇을 얻을 수 있을까.

아마도 핸들을 잡고 있는 이들 모두는 '기다림'을 생각하기보다 사람을 우선으로 하는 '인간존중'의 마음을 그 길에서 배우고 있는지도 모르겠다. 차보다 사람이 우선이어야 하고, 길에서는 언제나 사람을 먼저 보내주어야 한다. 그러한 '미덕'을 심어주고 아름다운 행동을 익혀나가는 사람들의 모습이 새삼스럽게 다가왔다.

신호등도 없는 삼거리였다. 우회전을 해야 하는데 자전거를 탄 아저씨가 앞에서 진행 중이었다. 뒤차는 바짝 내 차를 뒤쫓고 있었다. 오른쪽으로 돌 때 일단 정지를 한 후 좌우를 살펴야 했다. 판단이 흐려진 나는 오로지 우회전만 생각하고 있었다. 어느새 자전거를 지나쳐버린 내 차의 앞머리는 오른쪽으로 향하고 말았다. 그때였다. 자전거를 탄 사람이 '탕탕' 내 차 오른쪽 후미를 주먹으로 내려치는 소리가 들렸다. 그 소리에 당황한 나는 실수를 인정하기 전에 방어운전을 해야만 했다. 전방에서 좌회전을 하려던 운전자들이 나를 '미치광이 난폭운전자'로 쳐다보는 듯했다.

"도대체 이 나라는 왜 이렇게 신호등이 없는 거야!"

"엄마! 엄마가 잘못했어요."

이상하고 무분별한 나라인가. 도로에 이정표가 있어도 크기가 작아 식별하기 어렵다. 유난히 키가 큰 나무들 사이에 키 작은 이정표는 놓치기 일쑤다. 도로에는 유턴 신호등도 없다. 사거리 교차로 외에는 신호등도 잘 눈에 띄지 않는다. 아이가 다니는 학교 앞도 삼거리인 탓에 신호등이 없었다. 덩치도 큰 사람들이 사는 나라에서 아낄 걸 아껴야지. 왜 신호등에 투자를 하지 않을까. 이런 생각은 순전히 앞뒤 사정 모르는 내 무지함 탓이었다. 이런 신호 체계에 익숙해 있는 이곳 주민들은 아무 불평이 없었다. 그냥 있는 그대로, 생긴 대로 익숙해져 몸에 밴 습관으로 살아가는 데 불편이 없었다.

궁금해진 나는 아이에게 숙제를 내주었다. 선생님들께 왜 차가 밀리는데도 학교 앞에 신호등이 없는지 물어보라고 했다. 돌아온 답변은 간단했다. 하루 중 학교 앞은 등하교 시간만 붐비기 때문이라고 했다. 너무 현실적인 답변이었다. 난 한가할 때는 점멸등으로 운영하면 되지 않느냐고 이의 제기를 했다. 하지만 캐나다에서는 신호등 설치 자체를 과소비로 인정했다. 신호등에 익숙한 나는, 캐나다에서 직진 신호 우선, 먼저 도착한 차량 우선, 차보다 사람이 우선, 차보다 자전거가 우선, 우회전 시에도 교차로 도착 순서를 지킬 것 등의 가벼워보이는 원칙을 가끔 잊고 운전할 때가 있다.

방금 전, 자전거가 삼거리에서 어느 방향으로 진행할지 뒤에서 멈추고 기다려야 했다. 자전거가 먼저 멈춰주겠지란 한국에서의 평소 행동이 앞선 탓에 잠시 혼란을 겪으며, 대형사고를 모면했다. 그 대신 내 뒤 꼭지에 따라붙던 화끈거림은 가슴을 요동치게 만들었다. 기분이 상쾌하지 못했다. 한국에서도 아이를 태우고 교통법규를 잘 어기지 않았는데 외국에 나와 실수를 하다니. 만약 내 실수가 바로 사고로 이어졌다면? 생각만 해도 아찔했다. 운이 좋았다고 스스로를 위로하기엔 왠지 개운치 않았다. 습관이 이렇게 속내를 어지럽힐 수도 있구나. 하루 종일, 자전거를 타고 있던 아저씨에게 내 도덕적 규범을 저울질 당한 듯싶어 우울했다.

길은 언제나 내게 선택만 강요했지, 묵묵부답이었다. 결정은 항상 내 몫 아니던가.

수선화가 피었습니다

연일 찬바람이 분다.

코끝을 빨갛게 물들이는 매서운 바람이다. 호호 입김을 불게 하는 날씨 탓에 온몸이 움찔움찔 경기驚氣를 한다. 급기야 올해 첫눈이 내린다. 몽실몽실 함박눈이다. 푸릇푸릇 솟아오르던 수선화 이파리에 소복이 눈송이가 쌓인다.

지난해보다 성급하게 피기 시작한 제주 수선화다. 하얀 꽃송이에 내려앉은 눈발이 반짝거린다. 가을비가 많이 내린 탓에 철 이른 꽃송이가 대롱대롱 매달려 향기를 뿜어댄다. 자신의 꽃말이 '자기 사랑', '신비와 자존심', '고결함'인 줄 아는 탓일까. 오늘 따라 신비로운 자존감을 지키기 위해 열렬히 자기를 사랑해야만 하는 수선화의 꽃말이 피부에 와닿는다.

수선화 꽃말에 숨겨진 전설처럼 조카는 자기애가 강한 아이였다. 자기 사랑에 빠진 아이는 그만큼 내면에 외로움을 안고 살아갈지도 모른다. 조카는 올해로 세 번째 대학 입시를 치렀다. 자신에게 맞는 학과를 찾기 위해 세 번의 시행착오를 겪은 셈이다. 해마다 이맘때면 모든 수험생들이 진학을 꿈꾸며 '좀 더 열심히 할 걸' 하는 후회를 할 터다. 열두 해를 넘게 노력한 정성이 단 하루만의 시험으로 결정될 때 밀려오는 허무감을 주체하지 못하는 탓일까. 조카는 두 해 동안 대학 1학년에 머물러 있다. 그 아이에게 1학년 1학기의 들뜸이란 존재하지 않았다. 개강과 함께 자신의 적성과 맞지 않는다며 흔히 말하는 반수를 시작하곤 했다.

지난해, 재수를 끝낸 조카를 제주도로 잠시 초대했다. 제주 여행을 통해 혼자 감당해야 할 결과에 담대해질 수 있기를 바라는 마음에서였다. 또한 책과 씨름하느라 지친 몸을 편안하게 쉬며 자유롭게 해주고 싶었다. 부쩍 성숙한 아가씨 모습으로 공항에 나타난 조카를 보며 내심 고모 역할을 열심히 해야겠다고 결심했다. 집으로 올 때, 가로수 옆에 무더기로 피어 있는 꽃을 보며 조카의 호기심은 극에 달했다.

"제주 토종 수선화야."

육지에서 노란 수선화만 봐왔던 조카는 하얀 꽃잎의 수선화를 발견할 때마다 감탄사를 연발했다. 1월에도 이렇게 꽃이 많이 필 수 있냐며 제주는 따뜻한 나라가 분명하다고 소리질렀다. 제주 여행이 처음인 조카는 두근두근 설렘 때문에 밤잠도 설쳤다고 했다. 성적에 맞춰 지망한 생명공학과는 자신의 적성과 거리가 멀다며 한숨을 뱉기도 했다. 네게 잘 어울릴 듯싶다는 내 말은 위로가 되지 않았다. 조카 꿈은 무엇인지 물어봤다.

"수선화 관찰하기요."

초등학생 같은 대답이 되돌아왔다. 지금 하고 싶은 일 말고 장래 희망, 아니면 장래 직업이 궁금했다.

"초등학교 선생님!"

짧게 대답하는 조카 얼굴에 그늘이 생겼다. 급히 차를 도로 옆에 세웠다. 군락으로 피어 있는 제주 수선화가 하늘하늘 손짓을 했다. 조카는 환호성을 지르며 포즈를 잡고 사진 찍기에 급급했다. 잠시 전 침울한 표정은 사라지고 없었다. 더불어 신이 난 나는, 수선화 전설을 조카에게 들려주었다.

수선화의 원어명은 나르키소스Narkissos였다. 신화에 나오는 나르키소스는 용모가 매우 뛰어났다. 시간이 흐를수록 미소년으로 성장한 그는 많은 이성과 동성의 구애를 받았다. 주변의 관심이 많아질수록 혼자 감당할 수 없던 사랑을 모두 거절했다. 그 중 나르키소스에게 거절당했던 한 명이 복수의 여신 네메시스에게 그도 똑같이 사랑에 대한 고통을 겪게 해 달라고 부탁했다. 사냥을 하던 나르키소스는 목이 말라 샘을 찾았다. 물에 비친 자신의 아름다운 모습을 보고 움직이지도 않은 채 들여다보다 빠져죽고 말았다. 그 후, 그가 죽은 자리에 꽃이 피어났다. 그 꽃을 나르키소스의 이름대로 나르시소스(수선화)라 부르게 되었다.

"슬픈 전설이지요. 결국 '자기애'를 나타내는 나르시시즘에서 유래되었죠. 책에서 봤어요."

다 알고 있으면서 고모 이야기를 묵묵히 참고 들어준 조카가 고마웠다.

올해 다시 반수에 도전한 조카는 본인이 하고 싶은 초등학교 선생님이 되기 위해 교육대학에 원서를 넣었다. 칠전팔기는 아니지만, 조카가 희망을 향해 꿋꿋하게 도전하던 모습이 참 대견스럽다.

"수선화가 올해도 활짝 피었는데 제주도 놀러 올래?"

전화 너머로 좋다고 수줍어하는 목소리에서 숙녀티가 흘러나왔다. 인간이 태어나 죽을 때까지 세상을 살아가는 모양은 각기 다를 수 있다. 작은 물건이나 사소한 사건을 통해 성찰하고 고찰하며 성장해나가는 사람처럼 우린 항상 내일이 있어 행복하지 않던가.

다시 펑펑 눈이 내린다. 수선화에 쌓이는 눈송이에서 하늘, 바다, 달, 별, 해, 구름, 바람, 흙 냄새가 풍긴다. 저 냄새 속에 조카의 희망도 오밀조밀 꽃송이를 만들어가리라.

캠핑은 자유다

8월의 제주도는 캠핑으로 들끓는다.

수풀이 우거진 자연 속에서 즐길 수 있는 캠핑 문화가 제주의 이색체험으로 자리잡은 지 오래다. 한여름 열기가 더해질수록 사람들은 공기 좋은 산이나 바다나 공원이나 하천 등을 찾는 일이 부쩍 늘어났다. 특히 제주도는 동남아 못지않은 천혜의 자연환경 때문에 국내 여행지 중 최고 좋은 장소가 되었다.

자연과 더불어 개인적인 공간을 보장받을 수 있는 캠핑과 차박(차+숙박)은 매년 꾸준한 사랑을 받고 있다. 자가용에서 숙식을 해결하는 차박 캠핑은 도보 여행과 함께 설렘의 대명사가 되었다. 차박은 장소를 선정해야 하는 일이 가장 우선되어야 한다. 근처에 화장실이나 샤워실 등의 편의시설 유무를 고려해 결정하는 일이 무엇보다 중요하다.

제주올레길 21코스에 있는 하도해변은 구좌읍 하도리에 위치해 있다. 다리 하나를 사이에 두고, 왼쪽에는 바다, 오른쪽에는 하도 철새탐조대가 있는 용목개와당을 끼고 있다. 하도해수욕장은 배낭여행자나 차박을 위한 여행객들에게 모두 환영받는 장소이다. 넓게 펼쳐진 모래사장은 해수욕을 즐기기에 안성맞춤이다. 얕은 수심은 어린아이들과 함께 온 가족 여행객들의 인기를 독차지했다.해수욕장 옆에서 투명 카약 타기와 스노쿨링까지 즐길 수 있으니 이보다 더 좋은 캠핑장이 있을까. 또한 주변에 화장실과 샤워실과 주차장이 있어 호텔 부럽지 않은 환경이다. 근처 취사장과 야영장도 이용할 수 있어 편리함과 안락함을 겸비한 일석이조의 효과를 지닌 장소가 분명하다.

서둘러 텐트를 고정시켰다. 짐을 정리한 후, 잔잔한 비취색의 해수욕장을 바라보며 커피를 내렸다. 핸드밀 속에서 원두 향이 초콜릿의 달콤함으로 변해 사방으로 퍼졌다. 드립주전자에 끓인 물로 천천히 원을 그렸다. 찐빵처럼 부풀어오르는 원두의 모양에 빠져 노래가 절로 흘러나왔다. 커피는 역시 뜨거운 맛이 최고였다. 따뜻한 기운이 목울대로 넘어갈 즈음 배낭을 메고 올레길을 걷던 J하사가 벌겋게 달아오른 얼굴로 손을 흔들었다. 오늘 우리와 차박 합류를 약속한 탓에 쉬지 않고 걸었을 그에게 격려와 박수를 보냈다.

"해수욕과 보트 타기를 겸할 수 있는 장소네요."

그의 목소리에 바닷바람이 나긋나긋하게 감겼다. 역시 바다는 낭만과 감성을 자아내기에 부족함이 없다. 건네준 커피를 마시며 J하사는 다시 감동에 젖는다. 올레길을 걸으며 커피가 얼마나 그리웠는지 몰랐다고 했다. 뜨거운 햇살을 맞으며, 아픈 다리를 끌며, 누군가를 만난다는 기대감에 힘든 줄 모르고 걸어왔다고 했다. 혼자 걷는 바닷길이 쉽지만은 않았을 터인데 꿋꿋하게 젊음을 불태우는 J하사가 오늘 따라 더 멋져보였다. 홀로 걸어온 길에서 그는 무슨 생각을 했을까. 자신의 장래희망을 설계하지 않았을까. 잠시 생각에 잠겨 있을 때, 첨벙첨벙 J하사가 물속으로 뛰어들었다.

캠핑의 꽃은 먹거리다. 하지만 우리는 투명 카약이 너무 궁금했다. 카약 타기 미션을 실천하기 위해 우르르 달려가 안전장비를 착용했다. 안전요원의 간단한 주의와 사용법을 듣고 카약에 올랐다. 물살에 뒤뚱 흔들거리는 카약 위로 한 발을 올리자 더럭 겁이 났다. 물을 싫어하던 탓에 늘 바라보는 바다 풍경만으로 만족해야 했다. 그런데 오늘은 무슨 객기로 카약 타기를 하자고 큰소리쳤을까. 갑자기 후회가 밀려왔다. 내가 서둘러 타자고 했으니 무섭다고 엄살을 부릴 수도 없었다. 시간은 이미 내 편이 아니었다. 투명 카약은 약속도 하지 않았는데 파도에 쓸려 앞으로 나아갔다. 잔잔해 보이던 물살은 투명 배 밑에서 요동치듯 흔들렸다. 출발한 지 1분도 되지 않았는데 태양열로 인해 정수리는 활활 달궈졌다. 모자 따위는 필요 없었다. 햇살은 눈부시도록 따갑게 반짝였다. 두 손으로 노 저을 사이도 없이 현기증마저 밀려왔다. 그때였다. J하사의 또랑또랑한 목소리가 들려왔다.

“천천히 노를 저으며 즐겨보세요.”

그랬다. 천천히 즐기면 되는 일을 왜 당황하며 망설였지. 그제야 여유가 생기며 바다 속을 보고 싶다는 욕심이 생겼다. 왼쪽으로 오른쪽으로 내가 원하는 방향을 향해 배가 흘러갔다. 파도가 밀려오면 ‘야호’ 환호성도 질렀다. 5분 아니 10분 정도 흐르자 점점 흥미가 더해졌다. 소리 없는 바람도 느껴졌다. 투명 카약 바닥으로 왔다갔다 하던 미역과 해초가 신비롭게 보였다. 작은 물고기가 지나가면 세상을 얻은 듯 소리도 질렀다. 순간, 깨달았다. 하도해변 근처는 배가 뒤집혀도 수심이 낮아 내 키를 넘지 않으리란 사실이었다. 은근히 먼 바다로 나가보고 싶은 충동이 일어날 때였다.

“시간 다 되었네요. 나오세요.”

안전요원의 외침과 함께 호각 소리가 들렸다. 아쉽지만, 내일은 일출을 보며 카약을 타야지. 행복한 즐거움이 미련을 더한다. 투명 카약의 매력에 빠져 부풀어오르는 자만심을 주체할 수 없다. 이 맛에 캠핑을 하는 게지. 우린 자유를 만끽하는 거야.

제4장

유령 바이러스

남해 룽다 소리

마음이 콩당거렸다.

여행을 떠나기 전날은 언제나 잠을 설치기 일쑤다. 목적지가 새로운 곳이든 예전에 가봤던 곳이든 어디론가 떠난다는 사실은 사춘기 소녀의 감정처럼 조절이 되질 않는다. 벼르던 남해 여행을 태풍으로 인해 미루다 떠나게 되었으니 기대감은 서너 배 증폭되어 마음을 요동치게 만들었다.

여행은 늘 떠나는 즐거움과 만남이란 인연을 동반한다. 낯선 곳에서 새로운 공간과 사람과의 만남은 행복한 감정을 끊임없이 배출시키도록 유도한다. 두어 해 전까지만 해도 해마다 남해의 푸른 빛이 좋아 찾아가곤 했다. 제주도로 내려온 후부터 육지로의 여행은 마음처럼 쉽지 않았다. 우선 비행기를 타야 하고, 이동수단인 차량을 렌트해야 했다. 그러자니 과다한 여행 경비를 고민하지 않을 수 없었다. 차일피일 육지 나들이는 망설이게 되었다. 올해 가을이 가기 전에 꼭 남해의 다도해가 보고 싶어 안달을 부렸다.

바다는 내 삶에서 빼놓을 수 없는 공간이 되어버렸다. 어릴 적에는 강원도 속초에서 초등학교 시절을 보냈다. 결혼을 해서는 강화도를 마주한 대명항에서 살았다. 이제 노후는 제주도 바닷가에서 보내겠다고 터를 잡았다. 날마다 제주 바다를 보며 살고 있으면서 왜 하필 남해에 대한 동경에 사로잡혔을까. 머릿속에는 온통 남해에 있는 다랑이마을 풍경뿐이다.

해안 절벽이 길게 마을로 이어지는 곳. 산비탈 사이로 좁고 긴 계단식 논을 만들어 생계를 유지하는 곳. 선조들의 억척같은 삶이 다랑이를 만들며 바다로 향하는 곳. 그곳은 바로 남해 끝자락에 자리잡고 있는 가천加川마을이었다. 자연경관이 아름답다는 제주에 살면서 다랑이마을에 대한 연민을 떨쳐버리지 못해 전전긍긍했다. 그 이유는 몇 해 전 다녀온 네팔에 대한 동경 때문인지도 모르겠다.

네팔을 여행할 때였다. 카트만두 외곽에서 마주하게 된 다랑이논의 풍경은 농촌생활을 모르던 나를 경이롭게 했다. 산간지역에서 농사를 짓기 위해 산비탈을 깎아 만든 다랑이논은 사람 힘으로 만들어낸 원초적인 삶의 터전이었다. 까마득히 꼬불꼬불 이어진 계단식 논길을 넋 놓고 바라보는 찰나였다. 주변은 바람 소리 외에 아무런 기척도 없었다. 소리가 만들어낸 고요는 트래킹에 나선 이방인들을 묵묵히 받아들이고 있을 뿐이었다. 누렇게 익어가며 고개를 숙인 벼 이삭은 '평화는 황금물결이야. 노란 빛의 결실은 희망이지'라고 외치는 듯싶었다.

여행객도 현지민도 보이지 않는 다랑이논 길을 천천히 걷고 있을 때였다. 누런 개 한 마리가 꼬리를 흔들며 다가왔다. 좁은 밭둑길은 비켜설 틈도 없었다. 누렁이는 낯선 이를 두려워하지 않았다. 오히려 내가 낯설음에 당황하고 있었다. 녀석은 환하게 웃는 모습으로 앞장을 섰다. 아무리 오던 길로 돌려보내려 해도 말을 듣지 않았다. 언어가 달라서일까. 녀석의 행동은 고집스럽고 당당해보였다. 혼자 걷는 외로운 길이 녀석으로 인해 지루하지 않게 되었다. 속마음은 산 위 마을로 자꾸 올라가다 집을 잃어버리면 어쩌나 걱정이 되기도 했다. 둘러멘 배낭 속에는 간식거리 한 가지 들어 있지 않았다. 되도록 짐을 줄여야 내 업보의 무게가 가벼워질 듯싶어 간편하게 준비하고 나온 산행길이었다.

마치 자신이 가이드라도 된 듯 용감하게 앞질러가는 녀석에게 보답하고 싶었지만 방법이 없었다. 씩씩하게 가끔씩 뒤를 돌아보며 앞장서서 걷는 폼이 사랑스런 충견의 모습이었다. 히말라야의 만년설이 눈앞에 장관을 이루며 감탄사를 자아내게 하는 좁은 길이었다. 따뜻한 햇살이 나뭇가지 사이로 눈부시게 비치던 그 길은 층층이 계단을 쌓아놓은 듯 삐뚤빼뚤 선만 만들어놓았다. 녀석은 까만 눈동자를 반짝이며 날랜 독수리 폼으로 다랑이논 사이를 뛰어다녔다. 가물가물 잡힐 듯 잡힐 듯 보이는 녀석의 매무새가 바람에 흔들릴 때마다 멀어졌다 가까워졌다 눈앞을 어지럽혔다. 히말라야 봉우리를 아우르며 녀석은 마치 제 일이 길 안내라는 듯 헐떡이는 숨소리를 내면서도 돌아설 줄 몰랐다. 그 녀석을 따라가며 홀로 걷는 산행이 편안하고 풍요로워졌다.

가천 다랑이마을 또한 농사가 근본이던 우리 조상들이 자연과 조화를 이루며 형성해온 터전이다. 다랑이논은 바다에서 설흘산과 응봉산 정상을 향해 급경사를 이루며 곡선 형태로 좁고 길게 조성되어 있다. 흡사 네팔에서 보았던 계단식 논과 전혀 차이가 없어 보였다. 주변의 높은 산과 넓게 트인 남해 바다가 조화를 이루고 있어 가천마을은 가슴을 열게 만들어준다. 이러한 안락한 풍경에 매료되어 가을만 되면 남해를 동경하게 되었다. 사실 그 저변에는 네팔에서 마주했던 다랑이논에 대한 고즈넉함과 평화로움과 다음 마을까지 안내해준 누렁이에 대한 남다른 감동이 추억으로 남아 있기 때문이다.

철썩 파도 소리에 룽다의 경전이 실려왔는지 바다는 오늘도 평화로웠다.

빚은 빚으로 남아

그녀가 울었다.

멈출 줄 모르는 눈물은 볼을 타고 입언저리에 고인다. 가만히 휴지 한 장을 건넸다. 가슴 깊이에서부터 터져나왔을 울음에는 소리가 없다. 들리지 않는 소리를 따라 가만가만 그녀의 흔들리는 어깨를 바라봤다. 울음은 여러 의미로 자신을 정화시켜준다. 한참 울고 나면 속이 후련해질 수도 있다. 꺼이꺼이 통곡하지 않더라도 눈에서 눈물이 흐르고 있음은 뱉어내고 비우는 마음이 큰 탓일 게다. 아니면 '방하착放下著'. 모두 내려놓겠다는 진정성의 발로일지도 모른다.

내게 찾아온 그녀는 '참 다행이다'란 말을 반복했다. 무엇이 그리 다행일까. 그녀의 속사정을 알고 있으니 묵묵히 바라봐주는 수밖에 도리가 없었다. 그녀는 만날 때마다 시어머니 이야기를 꺼냈다. 그동안 맏며느리는 당연히 해야 할 일로 여기며 시어머니를 모셔왔다. 고부갈등 따위는 염두에 두지 않은 채, 시어머니와 신뢰를 쌓아왔다. 2년 전, 남편 일을 돕기 위해 제주도로 이사를 와야만 했다. 시어머니는 낯선 곳에 대한 두려움으로 집을 두고 절대 떠나지 않겠다며 고집 부렸다. 그런 시어머니를 홀로 남겨놓고 오며 그녀의 걱정은 시작되었다.

"어머님 등급 판정이 거부당했어요."

그녀는 근심 가득한 얼굴로 한숨을 뱉었다. 혼자 거동하기 힘든 시어머니로 인해 요양보호 신청을 했다. 결과는 불합격 판정이 나왔다. 그녀는 어머님이 불합격 판정을 받았으면 건강하다는 증거라 좋아해야 할 일 아니냐며 반문했다. 그런데 자꾸 허전한 마음이 앞서며 아쉬움이 밀려온다고 했다. 참 다행이라 말은 하였지만, 앞으로 닥쳐올 상황들로 인해 눈물을 흘렸다. 눈물 속에 그동안 살아온 그녀의 애달픔이 녹아내리는 듯싶었다. 며느리와 떨어질 땐, '할 수 있어'만 반복하셨다. 그녀의 시어머니는 혼자 계실 동안 한번도 바깥출입을 하지 않으셨다. 이웃도 슈퍼도 노인정도 모두 소용없었다. 텔레비전을 껐다 켰다만 반복하셨고, 식욕도 잃어버렸다. 단지 화장실용 롤 휴지를 뜯어 한 장 한 장 쌓아놓는 일만 하고 계셨다.

그녀의 시어머니는 여덟 살 때 열병을 심하게 앓았다. 딸이 죽은 줄 알았던 부모님은 날이 밝으면 산에 묻으려 했다.

거적으로 말아 안방 모서리에 둔 채 밤을 보냈다. 새벽에 거적이 꿈틀거려 열어보니 딸은 죽지 않고 살아 있었다. 그때, 심한 열병앓이로 인해 한쪽 눈이 실명되었다. 가난한 시절. 외딴 시골 마을에 병원은 존재하지도 않았다. 의료보험조차 없던 시절 무지했던 부모는 병원 진료는 엄두도 낼 수 없었다. 그저 하늘에 운명을 맡기지 않았을까.

치료 시기를 놓쳐 평생 외눈으로 살아온 시어머니는 늘, 자격지심에 시달렸다. 그녀의 시어머니는 사진 찍기를 제일 싫어하셨다. 장애가 있는 눈으로 인해 시집살이도 고달팠다고 했다. 밖에 나가면 자신만 쳐다보는 사람들이 싫다고 했다. 아무도 시어머니의 얼굴을 자세히 보는 사람은 없었다. 부족한 부분에 대한 망상은 의외로 집안을 우울하게 만들었다. 집안과 텃밭만 종종거리며 사셨으니 외부 볼일은 모두 시아버님 몫이었다. 그녀는 시어머니가 같은 여자로서 늘 안타까웠다며 또 눈물을 흘렸다.

사람 얼굴 중 눈의 역할은 매우 중요하다. 겉모양은 눈동자와 흰자위로 되어 있다. 누구에게나 눈은 몸속 내부로 빛이 들어가는 통로 역할을 해준다. 눈 속으로 들어오는 빛의 양도 조절해줄 수 있어 밝음과 어두움에 대한 인식도 자유자재로 할 수 있지 않던가. 그녀의 시어머니에게 빛은 단순히 외모에 대한 열등감만은 아니었으리라. 아날로그시대에서 디지털시대를 살아오며 발달된 문화와 문명으로 인해 스스로의 괴리감에 혼란스러움이 더 컸을 터다. 눈으로 들어오는 빛이 너무 약해 날이 어두워지면 마당에서도 자꾸 넘어지는 일이 다반사였다. 그러던 시어머니가 홀로 두 해를 버텼으니 착한 며느리는 자책의 눈물을 흘릴 밖에 도리가 없다. 눈은 빛을 감지하는 기관이므로 빛이 없으면 보이지 않듯, 그녀의 시어머니에게 가족은 든든한 버팀목 아니었을까.

빛은 동공을 통해 눈의 내부로 들어가 감각을 자극시킨다. 그러나 그녀 시어머니의 빛은 어두움 그 자체일 수 있다. 결혼한 후 자식을 낳고 남편 사랑을 받으며 살아온 세월이 전부는 아닐 듯싶다. 미적 향유 또한 빼놓을 수 없는 여성들의 특권이다. 그녀의 시어머니는 늘 아름다운 여자이기를 원했을지 모른다. 쌍꺼풀이 움푹한 커다란 눈이 아니더라도 남들과 같은 두 개의 눈으로 세상을 보고 싶었을 일이다. 그녀는 시어머니의 간절한 소망인 밝은 빛을 보여드리기 위해 노력하지 못한 점을 가슴 아파했다.

그녀의 시어머니께서 가장 좋아한 일은 며느리가 운전하는 차로 드라이브를 즐기는 일이었다. 사람이 많은 곳은 으레 피하기 일쑤였지만 차를 타고 나들이하면 어깨춤을 절로 추셨다. 집안 공기보다 밖의 공기가 얼마나 달고 맛났을까. 하늘 총총 빛나는 별빛을 보며 얼마나 많은 상상과 꿈을 꾸셨을까. 물체에서 반사된 빛이 눈을 통해 들어와 감지되는 속도보다 더 빠르게 그녀의 시어머니는 가족 품이 그리웠을 일이다. 가끔 아주 가끔 사라져버리는 기억 속에는 가족에 대한 추억과 미련이 영화처럼 스치고 지나갔으리라.

"아무래도 제주로 모셔와야겠어요."

잦아들던 울음과 함께, 그녀의 결심은 단호하게 내 가슴을 울렸다.

유령 바이러스

그녀는 한참을 서 있었다.

카페에 들어와 차 주문은 커녕 앉을 생각조차 하지 않았다. 휴대폰만 들여다보던 그녀의 얼굴에 생글생글 미소가 번져 있다.

"앉으세요!"

그녀의 한순간을 내가 깨부셨다.

"미스터 트롯 아시죠?"

그녀의 입에서 뚱딴지처럼 낯선 단어가 튀어나올 때까지 난 임영웅이 누군지 몰랐다. 그녀는 〈미스터 트롯〉이란 방송에 나온 가수 임영웅의 광팬이라고 말했다. 남편보다 더 좋다며, 요즘 대세인 TV 프로를 모른다고 깜짝 놀라는 시늉을 했다. 나를 시대에 뒤떨어진 촌스런 아줌마로 여기며 구구절절 방송 진행과 트롯 가수에 대해 늘어놓았다. 코로나19로 우울한 시기에 〈미스터 트롯〉은 삶의 활력소와 같다며 웃었다. 임영웅이 등장하는 모든 프로를 무조건 시청한다고 자랑을 늘어놓으며 목소리를 높였다. 재방송은 물론 유튜브를 통해 두 번 세 번 본다고 했다. 그런 생기 있는 표정을 본 적 없었던 터라 머리를 맞대고 동영상을 들여다봤다.

"요즘 '사랑의 콜센터' 보는 낙으로 살아요!"

그녀의 말이 아니더라도 동영상 속 가수는 철철 넘치는 감성으로 지그시 두 눈을 감고 휘파람을 불고 있었다. 내 귀를 사정없이 파고드는 노랫말은 애절하고 간절했다. 〈어느 60대 노부부의 이야기〉는 김광석의 노래로 잘 알려져 있다.

'곱고 희던 그 손으로 넥타이를 매주던 때/ 어렴풋이 생각나오/ 여보 그때를 기억하오'

지금 60대면 청춘이라 공감대 형성이 어렵겠지만, 김광석이 노래하던 시대에는 심금을 울리며 구구절절 애달팠으리라.

젊은 시절에는 그 노래가 절실하게 가슴에 와닿지 않았었다. 헌데 임영웅의 목소리로 듣는 노랫말은 한 소절 한 소절 심장을 두근거리게 만들었다.

'세월은 그렇게 흘러 여기까지 왔는데/ 인생은 그렇게 흘러 황혼에 기우는데'

깔끔하고 우수에 찬 가수의 목소리는 내가 살아온 날들을 반추하고 있었다. 남편을 만나 결혼을 하고 딸 둘을 키우는 동안 겪었던 희노애락이 온몸을 휘감았다. 이래서 사람들이 열광하는 걸까.

언제부터인가 대중가요가 좋아지기 시작했다. 젊은 시절에는 청승맞고 구질구질한 가사라며 비아냥거렸다. 첫 소절도 들으려 하지 않고 채널을 돌려버리기 일쑤였다. 요즘 대중가요의 노랫말이 마음속을 후벼팔 때마다 나이를 먹었다는 증거라며 피식거렸다. 운전할 때도 흘러간 옛 노래에 채널을 맞추며 따라부르곤 했다.

어느새, 나도 모르는 사이 또 다른 동영상을 보기 위해 유튜브 채널을 눌렀다. 유튜브 속에서는 〈사랑의 콜센터〉라는 프로그램이 진행되고 있었다. 제주에서 '바다사슴'이란 닉네임을 사용하고 있는 여성이 사연과 함께 〈마법의 성〉을 신청했다. 전화 속 여성은 7명의 가수 중, 암투병을 하다 세상을 떠난 아들과 모습도 많이 닮았고 나이도 같은 임영웅을 지명했다. 같은 제주에 살고 있는 탓에 그녀의 사연이 더욱 안타깝게 다가왔다. 옆에 있으면 말없이 손이라도 꼭 잡아주고 싶은 심정이었다.

임영웅은 노래를 부르다 복받치는 눈물 때문에 잠시 멈출 수밖에 없었다. 눈물을 훔치던 그에게 동료들의 격려가 잇따른다. 분위기에 힘입어 감정을 추스른 후, 그는 다시 무대로 나왔다. 나 역시 그의 노래를 들으며 눈시울이 붉어졌다. 괜스레 뭉클한 느낌을 주체할 수 없었다. 신청곡을 부탁한 '바다사슴' 또한 노래가 끝날 때까지 내내 울음을 멈추지 못했다. 엄마인 그녀는 아들을 홀로 떠나보내고 얼마나 애간장을 녹이며 살아왔을까. 그녀는 노래를 듣는 동안 죽은 아들에 대한 슬픔을 위로받을 수 있어 감사하고 행복했다고 말했다. 아들을 떠나보내며 할 수 있는 일이 아무것도 없었던 엄마의 심정에 공감되어 함께 눈물 흘렸다.

젊은 가수의 입을 통해 듣는 노래 한 곡이 이렇게 감동과 위로와 힘을 줄 수 있다니! 정체 모를 바이러스로 인해 세계가 고통받으며 힘든 시간을 견디고 있을 때, 유령처럼 퍼져버린 대중가요가 사람들에게 용기와 위안까지 안겨주었다.

내게도 이 노래 같은 단 한 명의 사람이 존재하지 않을까. 나도 누군가에게 늘 곁에서 바라보며 희망을 줄 수 있는 그런 유령 같은 사람으로 살고 싶다.

사랑이라 더 애잔하다

싹쓸바람이 분다.

세찬 풍속으로 인해 마음도 몸도 성글게 구멍이 뚫렸다. 휘익휘익 몰려다니는 힘빠진 나뭇잎과 모래먼지가 얼굴을 때렸다. 플라스틱 병 속에서 피어오르던 촛불의 흔들림이 휘청휘청 위태롭다. 주변을 에워싼 억새들도 쉭쉭 울음 소리를 냈다. 하늘에 떠도는 구름조차 흩어졌다 모였다 숨바꼭질을 했다. 삽질을 하는 그의 손끝도 파르르 떨렸다.

여명이 채 뜨기 전이었다. 어둠이 벗겨지지 않은 1월의 공기는 매섭고 차가웠다. 섬뜩한 기운에 번쩍 눈을 뜨고 밖으로 달려나왔다. 더럭 겁이 났다. 철수가 보이질 않았다. 아무리 불러도 대답이 없다. 급하게 자동차에 시동을 걸었다. 녀석이 늘 놀던 집 주변과 바닷가를 둘러봤다. 그림자조차 곁을 내주지 않는 해안가를 두리번거렸다. 성치 않은 몸으로 어디 갔을까. 자꾸 불길한 예감이 뒤꼭지를 붙잡았다.

녀석은 뒷마당과 옆집의 경계인 돌담 모서리 틈새에 끼어 널브러져 있었다.

"철수야!"

흔들어봤지만 흰 털의 몽실함만 차갑게 손바닥에 잡혔다. 그래도 몸이 굳지 않았으니 응급처치를 서둘렀다. 우왕좌왕 두서없는 나를 그가 막았다.

"그냥 보내줘요."

순간, 눈물이 쏟아지며 두어 해 동안 있었던 사건들 하나 하나가 시나브로 겹쳐졌다. 2년 전 11월에 철수는 떠돌이 신세로 우리 집에 머물게 되었다. 녀석의 의젓한 기품은 훈련받은 명견의 모습과 흡사했다. 백방으로 수소문을 해봤으나 주인 찾는 일은 실패였다. 어쩌다 주인과 헤어져 집을 잃고 거리를 방황하는 신세가 되었을까. 이유를 알 수 없지만, 영리하고 순해보이는 눈동자와 마주칠 때마다 정이 깊어졌다. 녀석은 더부살이 신세인 줄 알아채고 언제나 일정한 거리를 유지했다. 실내에서 키우던 우리 강아지 물건에는 코도 들이대질 않았다. 밥을 먹을 때도 순서를 기다렸다. 잠을 잘 때도 현관 앞 모서리에서 웅크리고 잤다. 집 안에 있는 강아지와 자신은 스스로 다름을 인정하는 듯싶어 안타까웠다.

철수는 오후만 되면 언제나 긴 하울링을 했다. 한라산 쪽과 하늘을 바라보며 울 때면 내 가슴도 두근두근 무너져내렸다. 분명 주인을 그리워하거나 자신의 가족을 찾으려 애쓰는 몸부림일 터였다. 언제 태어났는지 나이가 몇 살인지 모르지만 그동안 살아온 녀석의 삶이 늠름한 자태에 배어나왔다. 분명 사랑받고 살아오지 않았을까. 주인의 보호 속에 살아오던 개들은 낯선 환경에 버려지면 들개가 되기 일쑤다. 살기 위해 적응해나가야 하는 그들은 먹이를 구하기 위해 사나워지거나 초라해진다.

철수는 얼마나 떠돌이생활을 했을까. 녀석의 머리를 쓰다듬어줄 때면 고개를 푹 숙이고 꼬리를 흔든다. 그 모습을 볼수록 사랑을 나누어줄 수밖에 없었다. 함께 동거를 시작한 후, 철수는 방문하는 손님들께 나날이 인기를 얻어갔다. 손님들이 산책을 나설 때면 앞서서 바닷가까지 길 안내를 해주었다. 주변에 개들이 나타나면 물리쳐주기까지 했다. 산책을 마치고 돌아올 때쯤이면 어디서 달려와 집까지 안내해줬다며 칭찬을 아끼지 않았다. 또한 철수는 카페에 방문하는 손님과 지나가는 사람을 구분할 줄 알았다. 누구에게는 꼬리를 흔들며 바라보기만 하고, 누구에게는 짖어대며 집을 지켰다.

일 년이 흘렀을 어느 날, 철수는 떠돌이 여자 친구와 사랑을 시작했다. 녀석의 순애보는 주변 사람들 모두를 감동시켰다. 새록새록 정이 깊어갈 즈음 철수의 몸에서 이상징후가 발견되었다. 그 무렵 강아지 세 마리도 태어났다. 주인을 잃고 떠돌았던 기억 때문인지 철수의 아내 사랑과 자식 사랑은 남달랐다. 가족을 지킬 수 있고, 집이 있다는 사실은 녀석에게 최고의 행복이었을지 모른다. 안식처에 대한 뿌듯함은 훌륭한 가장의 도리를 지키게 했다. 병원을 방문했을 때, 철수의 몸속에는 심장사상충이 퍼져 있었다. 미처 예방접종을 해주지 못한 내 불찰이란 자책감으로 인해 시간이 흐를수록 괴로웠다. 처방받고 약을 먹이고 주사를 맞혔지만 철수는 합병증에 시달려야 했다.

영주산 뒤쪽에서는 한라산이 가깝게 보였다. 넓게 펼쳐진 억새밭은 바람을 피할 수 있어 따뜻할 듯싶었다. 둥글고 도톰하게 쌓은 돌담은 다른 천적들로부터 시신을 지켜줄 터다. 영주산을 등 뒤로 찰랑찰랑 고여 있는 저수지 물은 철수를 목마르지 않게 만들어줄 듯 보였다. 삶은 하늘에 구름이 일어나는 일과 같고, 죽음은 하늘에 구름이 사라지는 일과 같다고 했던가. 허망하게 떠난 철수의 삶이 죄지은 일 없고, 최선을 다해 가족도 지켰으니 다음 생에서는 좀 더 건강하고 멋진 사람으로 태어나리라.

그동안 이웃들은 떠돌이개가 주인을 잘 만나 복이 터졌다고 했다. 하지만 녀석은 우리 가족에게 웃음과 사랑과 정을 더 많이 알게 해주고 떠났다. 이승에서 마무리 못한 인연은 저승에서 나누고, 미련 없이 먼 길 떠나다 뒤돌아보고 손 흔들어주었으면 하는 바람이 간절하다.

빛을 품다

쪽빛 그대로 아름다웠다.

눈부신 햇살, 살금살금 귀를 간지럽히는 바람. 나무 한 그루 보이지 않는 산등성이. 수정처럼 빛나는 물결, 멀리서 가깝게 다가오는 설산, 드문드문 노란 꽃을 피워내고 있는 허브 등은 몽환적 분위기를 만들어냈다. 설산의 하얀 빛과 파란 하늘과 제멋대로 무리지어 떠도는 뭉게구름까지 모두 각자의 빛깔로 판공초를 지키고 있었다. 6천만 년 전, 바다였던 히말라야가 지각 변동으로 융기할 때, 바닷물이 증발하지 않고 호수를 이루었다. 아직도 짠물을 품고 있는 염호의 일렁임은 파도처럼 결을 만들어냈다. 탄성이 절로 나왔다.

맑고 맑은 물빛과 만나기 위해 해발고도 3,500m의 레에 도착해 고산병을 견디며 출발 시간만 손꼽았다. 지도에 표시하며 여행 일정을 짜는 내내 설레고 또 궁금했다. 울창한 숲 대신 뿌연 흙먼지만 휘날리며 쌓이는 척박한 대지 위에 보금자리를 만든 라다크인들의 내세가 어떠할까. 몸속 가득 채워진 의구심은 잠까지 설치게 했다. 차량에 산소통을 실은 채, 두려움보다 설렘을 한아름 안고 시시각각 변하는 날씨를 지켜보며 굽이굽이 굴곡진 길을 넘었다.

자동차로 갈 수 있는 세계에서 세 번째로 높은 해발 5,360m의 눈발 휘날리는 창라Chang La 고개도 넘어야 했다. 구불구불 고드름이 매달린 낭떠러지에는 미끄러져 박살난 차량이 산재해 있었다. 하지만 눈 쌓인 산자락에서 만난 야크 무리는 한가롭고 평화롭게 보였다. 녀석들은 추위도 아랑곳하지 않는다. 여행객의 카메라 셔터 소리에도 반응하지 않는다. 그저 묵묵히 잔설 속에 파묻힌 잡초의 흔적만 찾을 뿐이다.

사람에게도 먹을 식량이 중요하듯, 야크 떼에게 풀은 황량한 눈밭에서 살아남아야 하는 생명줄과 맞닿아 있었다. 변화가 없는 삶 가장자리에서 외지인은 무관심한 방관자였다. 그들은 오직 자신들이 세운 목적과 희망을 찾기 위해 판공초를 찾아오지 않았던가. 일렬횡대를 이룬 관광객들은 황홀경에 빠져 저마다 감탄사를 내질렀다. 목소리마다 꿈을 이룬 이들만 뱉어낼 수 있는 당당함이 가득 차고 넘쳤다.

모두가 똑같이 정해진 삶의 방식을 따라 한 방향으로 달려왔을 터다. 세상에서 가장 순수하고 해맑은 장소일지 모를 판공초는 해발 4,350m에 자리하고 있다. 천연 그대로인 고고함을 간직하고 한자리를 지켜온 호수였다. 그 속에 일상의 어지러운 생각을 끼어넣으면 공해로 변할 분위기이다. 도회지의 소음과 매연은 이곳에서 상상할 수 없다. 통하지도 않는다. 살랑살랑 신선한 바람이 불어오는 대로 발걸음을 옮겨보면 자연에 대한 최소한의 예의를 갖출 수 있다.

물과 하늘은 바람의 움직임대로 빛깔을 연출해냈다. 때론 따스하게, 때론 차갑게, 때론 쓸쓸하게, 모든 세속의 오욕칠정五慾七情을 '파란 빛' 한 가지로 표출한다. '파랑'이 주는 의미가 이토록 심오하고 밝고 청아할 수 있단 말인가. 새삼 물방울에 희노애락喜怒哀樂을 표현했던 김창열 화가의 넋이 물수제비를 뜨고 있는 듯, 현기증을 일으켰다. 고산인 관계로 머리가 무겁고 숨이 차올라 걸음을 옮기기 힘들었다. 하지만 귀에 들리고 눈에 보이는 모습 따라 현재를 충분히 즐기고 싶은 욕심이 앞설 뿐이다.

일렁이는 호수 속으로 호기심이 빠져들수록 구름 그림자는 환영을 만들어냈다. 푸른 물속에 용궁이 있어 내 전생에 대한 상상의 날개도 펼쳐진다. 용왕의 막내딸이었던 나는 말 안 듣고 고집센 말괄량이 공주였다. 철없던 소녀 시절 항상 좌충우돌 사건을 만들며 살았다. 날마다 바다 속 이곳저곳을 헤집고 다니다 싫증이라도 나면 육지로 올라왔다. 육지에서는 히말라야와 에베레스트 영봉을 껑충껑충 뛰어다니며 네

발 달린 동물들과 달리기 놀이를 제일 좋아했다. 설산에서 놀다 지칠 때쯤이면 서쪽으로 기우는 해를 보며 붉은 노을에 내일을 향한 꿈도 점쳐보지 않았을까.

늘 인간 세상을 엿보며 소외된 곳에서 외롭게 살아가는 사람들 안위를 지켜주며 복福까지 베풀어주려 노력했을 터다. 자연히 신통함과 영험함도 보여주었을 일이다. 신통력 없는 신은 존재할 수 없으니 내 주술은 무엇이든 해결할 수 있었으리라. 어느덧 여신으로 변한 난 육지로 올라와 제주도까지 오게 되어 살지 않았을까. 제주에서 영등신 아니면 설문대할망이 되어 바다에서는 어부와 해녀들을, 땅에서는 말과 소에게 생명과 사랑을 주었으리라.

판공초는 레에서 남동쪽으로 150㎞ 거리에 자리하고 있다. 인도와 중국 티베트 국경에 걸쳐 있는 호수 길이가 최대 134㎞, 너비 5㎞, 면적 700㎢에 이른다. 크기는 내가 살고 있는 제주도 면적의 2.5분의 1과 비슷하다. 험준한 산으로 둘러싸여 있어 메마른 지역인 라다크를 지키고 있던 신은 넓고 깊고 청정한 호수를 그들에게 선물로 주었다. 짠맛이 배어 있어도 판공초에는 바다 생물에서 진화한 작은 새우나 갈매기도 볼 수 있다. 물가를 헤집던 물고기 떼가 꼬물꼬물 물놀이에 정신이 팔려 사람들 발자국과 아우성 따윈 아랑곳하지 않는다. 끝이 보이지 않을 만큼 깊고 푸른 호수는 티베트어로 '길고 좁은 마법의 호수'란 뜻을 지녔다. 이름처럼 금방 무은 일이 벌어질 듯, 신비롭고 장엄하다.

레에서 주말에만 버스가 운행하기에 지프를 이용해 3박 4일 여정으로 판공초를 다녀왔다. 끊임없이 이어지는 설산과 민둥산 사이사이에 형성된 작은 마을들, 머리 위로 내려앉던 흰 구름과 파란 하늘을 보며 마법에 걸린 듯 윤회의 늪에서 허우적거렸다. 눈앞에 펼쳐져 있는 압도적인 풍경과 아찔한 도로를 달리던 긴장감은 신이 연출해낸 신통력이었을까. 모든 황홀함이 부메랑을 만들며 또 다른 마법상자에 저장되는 행복한 순간이었다.

사라진 봄날

햇살이 부챗살처럼 넓게 퍼지는 오후.

봄볕이 사라지고 어느새 초여름으로 치닫는 날씨가 유혹의 손길을 뻗친다. 벌써 목련도 벚꽃도 지고, 노란 유채 향기도 사라져버렸다. 개나리, 진달래도 꽃잎을 떨구었다. 서서히 푸른 나무이파리가 만들어낼 그늘이 그리워질 시기가 다가왔다. 언제나 계절은 시간을 따라 소리 없이 우리들 주변에서 맴돌았다.

매번 사계절은 흘러가는데 올해 봄은 설렘보다 그리움을 더 많이 만들어놓고, 이웃과 지인들을 멀어지게 만들었다. '코로나19'라는 바이러스는 이웃 나라로부터 밀물처럼 밀려와 평범한 사람들의 일상을 뒤흔들어 놓았다. 4월이면 겨우내 웅크렸던 몸을 꽃놀이로 달래던 사람들은 난생처음 전세계가 겪는 재난에 어찌할 바를 몰라 허둥댔다.

따가운 볕이 눈부신 날, 벼르고 벼르다 다래네농장을 방문했다. 사람들의 어수선한 마음과 달리 농장에는 봄볕을 잔뜩 받은 야생화가 흐드러지게 피어 있었다. '드르륵' 문을 밀고 들어서는 순간, 코끝을 간질이는 향기로 인해 아찔한 현기증이 밀려왔다. 땅속에서 움트는 봄소식이었다. 벌과 나비도 보이지 않는데 활짝 핀 꽃들이 향연을 벌이고 있다. 하늘하늘 피어나는 꽃들을 감상하며 사람들은 제각각의 표정으로 감탄사를 연발하지 않았을까. 이웃들은 올 봄엔 꽃나들이를 나서기는커녕 서로 얼굴을 마주하며 이야기 나누기조차 꺼려야 하는 상황이 되었다. 누가 누구를 말릴 틈도 없이 스스로 알아서 '사회적 거리두기'라는 독특한 언어에 의미를 더했다.

4월이면 가로수마다 연록의 여린 잎 사이에서 가는 꽃대가 올라와 꽃받침과 꽃술과 꽃잎을 만드니 함빡 소스라치게 놀랄 만하다. 천둥고개를 넘기 전, 향산리 벌판을 뒤로 하고 다래네농장은 자리잡고 있다. 여기저기 온통 야생화 천지다. 산과 들 혹은 제방이나 도로변 어디든 흙이 있는 곳이라면 서슴없이 군락을 이루거나, 띄엄띄엄 무리지어 피어나는 꽃이 야생화다. 다래네농장 주변 또한 둥글레며 돌단풍이 '저요 저요' 손을 흔들고 있다. 지나치는 모든 이들에게 저희들을 바라봐달라고 외치는 듯 살랑대는 소리가 귓가를 어지럽힌다. 꽃이 있으면 그 꽃을 바라봐주는 누군가가 있어야 하고,

그 꽃을 가꾸는 사람 또한 필요하지 않을까.

다래네농장 주인장은 척박한 도심 언저리에서 야생화에 홀려 살고 있다. 하루하루 시시각각 꽃들의 변화에 반해 밤잠 시간조차 아까워 동동거리는 선한 얼굴을 한 여인네이다. 들꽃풍경 카페에서 '다래'라는 닉네임으로 활동하던 그녀의 가냘픈 몸매는 야생화를 닮았다. 꽃의 절정이 활짝 피어 시들기 직전이라면, 사람의 절정은 아름다움을 아름답다 표현할 줄 아는 여유가 생겨날 때 아닐까 싶다. 사람이 돌보지 않아도 잘 자라 꽃을 피워내는 일이 야생화가 지닌 속성이라면, 그녀는 꽃에게 말을 건네며 많은 사람들에게 재배법을 보급해주는 전령사이다. 그런 그녀가 있기에 흔하게 들에서 만나던 이름 모를 꽃에 대한 정보까지 재인식하게 되었다.

가슴이 답답하거나 심란할 때 다래네농장을 찾으면 크게 심호흡을 하지 않아도 들숨과 날숨의 기척까지 감지할 수 있어 좋았다. 이곳은 바이러스로 어지러운 시기에 봄을 맞이할 새 없이 은둔해야 하는 애절함을 달래기 안성맞춤인 공간이다.

농장 오른쪽에 자리한 작은 연못에 눈길을 줄 때였다. 동동 이파리를 띄우고 있는 수련 무리에서 초여름의 나른함이 묻어난다. 연못 주변의 둥글레는 어서 빨리 넓은 잎을 자랑하고 싶은지 안달을 부린다. 우측에는 돌단풍과 백리향, 해란초가 좀꿩의다리와 공조팝나무를 사이에 두고 뽐내기하고 있다.

편무암으로 담을 쌓아 만든 작은 동산에는 그녀만의 독보적인 조경 실력이 빛을 뿜어내고 있다. 그곳은 실낙원의 정원을 옮겨온 듯 찾아오는 이들의 시선을 붙잡기 일쑤다. 이끼용담의 아련한 모습에서 옛 추억을 곱씹어본다. 눈으로 보기보다는 냄새로 맡아야 더 황홀한 꽃들. 퍼슬한 마사토 위에 물망초와 노랑물안개와 동의나물이 피워내는 향기에 취해 시름을 잊는다. 신비로운 풍경을 보며 깜짝 놀랄 때마다 조경의 비밀이 새로운 꽃 재배법인 양 흥미를 더해준다.

패랭이, 눈애기주름꽃, 바위솔, 백자단 등 이름만 들어도 앙증맞은 꽃들이 반겨줄 이를 기다리고 있는 이곳에도 사람들 발길은 끊겨버렸다. 더불어 사는 사람들의 맑은 마음이 머물 수 있어 행복해지던 공간에 고요가 가득 자리를 차지했다. 이유가 어떻든 올해 봄날은 우리 곁을 떠나고 있다. 상생의 봄을 그리워할 틈도 주지 않은 채, 올 듯 말 듯 갈 듯 말 듯 마법처럼 착각을 불러일으키게 만들었다. 시시각각 즐길 수 있는 일을 향유한다면 그 삶은 행복 자체를 누릴 수 있게 되지 않을까.

오늘도 지구별 구석구석에서 계절의 감각을 일깨워주려는 야생화들이 피었다 지기를 반복하고 있다. 그들은 자신만의 청량한 기운을 온 세상에 끊임없이 전해주려 몸부림치고 있지 않을까.

작고 아름다운 이야기

이동식 포장마차.

건축물이 아름답지도, 인테리어가 독특하지도 않았다. 평범하다 못해 초라해보이는 서너 평짜리 작은 공간이 전부였다. 멋진 액자 하나 붙어 있지 않았다. 쪽문 한 짝이 덜렁 지나는 바람을 맞이할 뿐이었다. 언제부터인가 그곳에 들러 토스트와 커피 한 잔을 즐기게 되었다. 국도나 지방도에서 마주칠 수 있는 간이 휴식처지만, 근사하고 화려한 가게보다 마음이 편해 '길카페'란 이름을 붙여놓았다.

길카페에서는 내 옷 모양새에 신경을 쓰지 않아도 좋았다. 마음대로 수다를 나눠도 흠잡히지 않는 곳이라 더욱 친근함이 생겼다. 짧은 머리 주인의 해박한 입담과 손님을 바라보는 따뜻한 마음이 봇물처럼 흘러넘쳐 훈훈하고 편안했다. 주인의 망아지 같은 외모와 달리 손님을 마주하는 기품이 모자라지도 넘치지도 않아 친근함이 쌓였다. 특히 그녀를 좋아하게 된 가장 큰 계기는, 칠순의 나이에도 씩씩하게 긍정적으로 세상을 바라보는 시선과 문학을 사랑하는 열정 때문이었다.

길카페를 찾는 횟수가 많아질수록 겉으로 드러난 그녀의 속내가 알콩달콩 살아가는 다른 이들과 많이 다를 수 있음을 알게 되었다. 짧다면 짧고 길다면 긴 인생살이다. 고진감래苦盡甘來를 경험하다보면 모눈종이에 그려놓은 함수 관계처럼 각자 삶에 대한 당연성이 고개까지 끄덕이게 만든다. 그녀 역시 마찬가지였다.

는개비가 촉촉이 내리는 날이었다. 따끈한 커피와 평범한 시민들의 소소한 이야기를 듣기 위해 길카페 문을 두드렸다. 그날 따라 우울한 표정을 감추지 못하던 그녀였다. 낮게 가라앉은 목소리로『프레드릭』이란 그림책에 나오는 생쥐 시인처럼 세상을 살고 싶다며 한숨을 쉬었다. 남편도 없이 하나뿐인 딸 대학원까지 가르치는 동안 힘들었을 고비야 구절구절 안 들어봐도 짐작이 갈 듯싶다. 더구나 나이 먹은 여자가 길에서 힘든 장사를 하며 겪는 구설수란 심기를 흐려놓기 충분했다.

어떤 이들은 젊은 시절을 방탕하게 살아왔기에 고생한다며 비아냥거린다고 했다. 그녀는 열심히, 부지런히, 성실하게 아이 키우며 수십 년 동안 혼자 후회 없이 살아왔을 뿐이다. 몇 해 전, 친정 동생의 사업 부도로 자신 소유 재산이 담보로 넘어가 말년 고생을 하게 되었다며 너털웃음을 날렸다. 동생이 혼자 사는 누나에게 해를 끼치려 한 짓이 아니니 스스로 감수해야 하는 팔자 탓이라 믿었다.

그러던 그녀가 그림책에 나오는 주인공 '프레드릭'을 사랑한다고 말했다. 도로 옆에서 피로에 지친 운전자들에게 토스트, 김밥, 커피, 라면을 팔고 있는 그녀의 말에 깜짝 놀라지 않을 수 없었다. 그 나이에 애정소설 주인공이나 연예인이 아닌, 책 속에 등장하는 생쥐를 사랑한다고 하니 궁금증이 솟구쳐올라왔다. 먼지가 날리는 도로변에서 아무리 즐거운 마음으로 웃으면서 일을 한다 해도 힘들고 지칠 법한데 책 읽기가 취미라고 하지 않던가. 나도 『프레드릭』을 감명 깊게 보았던 기억이 있는 터라 놀라움은 배가 되었다.

『프레드릭』은 우리나라에서 『잠잠이』란 제목으로 번역되어 독자들에게 널리 알려진 책이다. 유태인 출신 작가인 레오 리오니가 글도 쓰고 그림도 그린 세계적으로 유명한 도서였다. 그녀의 책을 사랑하는 마음과 독서량에 고개가 숙여졌다. 오래된 돌담 옆 헛간에 살고 있는 들쥐인 프레드릭은 가을이 되자 양식을 쌓아두기보다 춥고 어두운 겨울날을 위해 햇살만 모으고 있었다. 다른 들쥐들과 달리 프레드릭은 겨울을 견디기 위해 태양의 온기와 여름에 볼 수 있는 찬란한 햇살과 계절에 어울리는 이야깃거리를 모으느라 바빴다. 저장해놓은 먹이가 떨어지자 들쥐들은 배가 고파 재잘댈 힘조차 잃어버렸다. 그때 프레드릭은 가을날 모아둔 햇살과 색깔과 이야기를 꺼내 다른 들쥐들에게 나누어주었다. 그들은 프레드릭이 모아놓은 햇살과 색깔과 아름다운 이야기에 빠져 추위와 배고픔을 잊고 행복해했다. 그래서 프레드릭을 '시인'이라 불렀다.

물질적 풍요보다 정신적 풍요를 추구하는 생쥐 시인 프레드릭의 이야기가 내게도 신선한 충격을 주었기에 오래도록 머릿속에 남아 있었다. 그녀 역시 놓아버릴 수 없는 순수함과 감성이 있었기에 일흔 해를 넘게 버티며 살아오지 않았을까. 우리 모두는 스스로 주체할 수 없는 문명의 이기와 물질만능에 젖어 살고 있다. 자연 생태계의 파괴와 환경오염 또한 자유를 구속하는 한 방편이 되어 이곳저곳에서 숨통을 조여온다. 그런 속에서 프레드릭과 같은 낭만을 소유한 사람이 가장 부자로 살 수 있다는 작가의 외침이 그녀의 목소리와 함께 귓속을 파고들었다.

사람이 한평생 살아가면서 어떠한 상황에 처해 있어도, 프레드릭처럼 시인이 될 수 있다면 삶에 의미를 부여하는 기본적인 가치관은 존중받을 수 있지 않을까. 요즘은 글을 써야만 시인으로 인정받고 살아가는 시대도 아니다. 정신적 풍요를 꿈꾸며 살아가는 일이 행복추구권을 지켜나갈 지름길이 될지 모른다.

길카페의 그녀처럼 원고지에 시를 쓰는 시인이 아니더라

도 뜨거운 가슴으로 글을 밝히는 노년을 꿈꿀 수 있다면 얼마나 편안할까.

맑은 인연

콜카타 여행자 거리에서 그녀를 만났다.

혼자 배낭을 메고 인도에 갔다. 보고 듣고 말하는 모든 상황이 낯설었다. 어쩌면 신세계란 표현이 옳을 수 있다. 여행을 떠나기 전, 주변 지인들의 염려는 들리지 않았다. 호기심 많은 내 의지력은 마냥 신기한 나라를 동경하기에 급급했다. 인도 불교미술에 빠지는 순간, 꼭 인도를 가야 할 이유가 정당화되었기 때문이다.

콜카타 여행을 끝낸 후, 바라나시까지 기차를 타고 이동해야만 했다. 처음 인도 기차를 타려니 이것저것 걱정이 앞섰다. 동행을 구하기 위해 여행자 거리를 배회할 때였다. 긴 머리를 질끈 묶어올린 채, 큰소리로 웃는 그녀와 마주쳤다. 순간, 한국인임을 알아챘다. 동행을 구한다는 내 이야기가 끝나기도 전이었다. 앞장서서 뛰어가며 따라오라는 손짓만 보내왔다.

"빨리 표부터 구해야지요."

내게 자초지정을 말하지도 않고 그녀는 여행사 안으로 들어가버렸다.

"한국인 여덟 명이 내일 바라나시로 떠나요."

기차표를 흔들며 내일 기차역에서 만나자는 일방적 통보와 함께 표값을 요구했다. 당황스러웠다. 그래도 여러 명의 한국인이 동시에 움직일 수 있다는 말에 돈을 지불하고 표를 받아쥐었다.

기차의 '슬리핑룸'은 어떻게 생겼을까. 호기심이 생기며 궁금했다. 기차에 올라타기 전부터 놀라움은 배가 되었다. 무수히 많은 인파에 긴장했고, 입구와 통로까지 사람들이 빽빽하게 주저앉아 있었다. 그들을 비집고 들어가야 하는 상황에 어리둥절했다. 어벙해진 정신을 가다듬지도 못한 채, 좌석 번호를 찾느라 두리번거렸다.

한 발짝도 밀치고 들어서지 못해 힘없이 휘청거리는 내 몸 여기저기가 근질거렸다. 기차 안에 있던 사람들의 반들거리는 시선이 모두 나를 향해 있었다. 내 의지와 상관없이 동물원에 갇힌 원숭이 꼴이었다. 구경하는 그들 눈에는 키 작은 동양 여자가 자기만 한 커다란 배낭을 메고 안절부절못하는 모습이 신기했을지 모른다. 열차에 있던 수많은 사람이 내 일거수일투족을 훑고 있다. 저절로 몸은 얼어붙었다. 눈에 비친 기차 안 상황은 상상을 불허했다. 그들 속에서 17시간 동안 견딜 수 있을까. 갑자기 벌어진 낯선 환경에 대한 두려움은 앞뒤 분간을 할 수 없게 만들었다.

어렵게 찾은 내 자리에는 이미 서너 명의 벵골인이 앉아 있었다. 아무리 비키라고 말을 해도 그들은 못 알아듣는 척 다른 곳만 바라보고 있었다. 큰일이다 싶었다. 앞으로 화장실은 어떻게 가야 할까. 인도 기차에서는 배낭을 좌석 밑 다리에 묶어놔야 한다는 말을 귀가 아프게 들었던 터다. 자리를 내주지 않는 이들을 밀어낼 재간이 없었다. 배낭도 내려놓을 수 없어 난처해하고 있을 때였다. 눈앞에 어제 기차표를 사주었던 그녀의 얼굴이 크게 확대되어 다가왔다. 그녀는 내게 표 한 장을 내밀며 짧게 한마디했다.

"여기서 혼자 못 가요."

"그럼?"

"그 자리에는 한국 아이들 많이 있어요."

순간, 구세주를 만난 듯 내 표를 건네주고 밖으로 나와 달리기 시작했다. 고맙다는 말도, 당신은 괜찮겠냐는 질문도 할 여유가 없었다. 표에 적힌 좌석 번호만 커다랗게 눈에 들어왔다. 그녀의 좌석 주변에는 한국인 여러 명이 웃으며 떠들고 있었다. 갑자기 나타난 나를 본 그들은 '언니 어디 있어?'를 반복했다. 번갈아 나를 쳐다보던 그들은 분위기를 이해했는지 그녀 걱정을 늘어놓았다.

"그 언니는 경험도 많고, 벵골어도 할 줄 아니 견딜 수 있어."

그 말은 조금 전 빠져나온 자리에서 염치없던 내 행동을 위로해주었다. 안도의 숨을 몰아쉬었다. 전쟁터가 이럴까. 서로 밀고 밀치고, 모른 척 아귀다툼을 해야 하는 기차 속이었다. 우리나라에서는 상상할 수 없는 풍경이었지만, 같은 여자이면서 자신의 자리를 선뜻 양보해준 그녀는 자비의 화신 같았다. 그동안 살아오면서 느껴보지 못한 불안감과 두려움을 사람 속에서 체험한 여행길이었다. 그녀는 평생 잊지 못할 은인이 되었다. 요즘처럼 개인주의가 팽배한 시대에 '배려'를 실천해준 관세음보살과 똑같아 보였다.

바라나시에 도착한 후, 그녀와 전생에 빚이 있었던 듯, 평생 은혜를 갚아야 하는 절대적인 친구 사이가 되었다. 그녀는 서로 속마음을 나누는 다정다감한 친구로 부족함이 없었다.

그녀가 운영하는 학교에서 봉사를 약속한 탓에 두 번째로 콜카타를 찾았다. 친구가 살고 있는 곳에 도착했을 때, 또다시 머릿속이 하얗게 변하고 말았다. 상상 속 학교는 어디에도 볼 수 없었다. 문짝도 없는 이곳에서 내가 무슨 일을 할 수 있을까. 이들에게 나는 어떻게 필요할까. 그녀는 내게 꼭 도움을 받아야 할 일이 있다며 콜카타로 오라고 연락해왔었다.

열 평 남짓한 판잣집 안에는 옹기종기 아이들이 모여 있었다. 웅숭그려 앉아 있던 아이들의 까만 눈동자가 내 몸을 훑어내렸다. 한국에서부터 가방 가득 담아온 과자랑 학용품을 펼쳐놓으며 아이들에게 다가갔다. 하지만 알 수 없는 두려움이 온몸을 덮쳤다. 까맣고 동그란 눈동자를 보는 순간, 예전 기차 안 풍경이 머릿속을 휘저었다. 시간이 지나자 오뚝한 콧날, 앙증맞은 입술, 검은 머리카락, 맑은 미소를 대할수록 마음은 봄눈 녹듯 평화롭게 가라앉았다. 방글라데시에서 건너온 난민촌 아이들은 큰 눈만큼이나 순박한 웃음을 연신 내게 보내왔다.

결혼도 하지 않고 방글라데시 난민촌에 학교를 세운 그녀는 아이들이 너무 예쁘고 사랑스러워 떠날 수 없다고 했다. 영국 옥스퍼드대학으로 유학을 갔던 친구였다. 방학 중, 인도 여행을 왔다 아이들의 까만 눈동자에 영혼을 빼앗겨버렸다. 공부도 포기한 후 난민촌에 들어와 촌장을 설득해 판자로 된 학교 건물 한 동을 만들었다. 아이들에게 구걸 대신 공부를 가르쳐 스스로 잘 살아갈 방법을 일깨우자고 부모들을 찾아다녔다. 오랜 시간 굴하지 않고 세운 학교는 모든 부귀영화를 포기할 밑거름이 되었다.

늘, 그녀의 삶을 부러워했다. 공부도 포기하고, 결혼도 포기하고 가난한 이들을 위해 남은 열정을 불태우려는 심성이 돋보였다. 유학을 보낸 딸의 성공을 기대했던 부모님 실망은 알 바 아니었다. 천진난만한 눈동자를 지닌 방글라데시 아이들의 자립을 위해 친구 마음에는 항상 사랑의 싹이 자라고 있었다. 그 싹은 오래 전, 바라나시로 향하던 기차 안에서 내게 베푼 배려와 자비심의 원천이었으리라.

타향살이 몇 해던가

C회장이 웃었다.

그는 사람들과 만날 때면, 인사말을 건네기 전 항상 소리 없는 미소를 먼저 보낸다. 한 일 자로 다문 입술이 들썩거릴 사이도 없다. 짙은 눈썹과 선명한 인중 사이로 환한 웃음이 번진다. 그가 우리 카페에 차를 마시러 오는 내내 언성을 높이거나, 어른대접을 받겠다고 권위적인 태도를 보인 적이 한 번도 없다.

그는 오늘도 무거운 가방을 들고 오른발을 질질 끌며 차에서 내렸다. 젊은 시절 베트남전에서 오른쪽 허벅지에 총알이 박히는 부상을 당했다. 평생을 불편한 다리로 살았지만 그의 면모는 언제나 당당했다. 사업가로 살아오면서 회사에 열정과 정성 모두를 쏟아붓던 순간들을 후회하지 않았다. 보물단지처럼 끌어안고 다니는 검은 가방에는 그의 유일한 즐거움이 들어 있었다.

C회장의 얼굴에 가늘게 패인 주름살이 골을 만들었다. 바람에 흰 머리카락이 사뿐사뿐 날아다닌다. 온화한 미소를 머금고 있는 그를 알게 되면서 오랜 지기들이 맺어온 우정처럼 끈끈한 정이 쌓였다. 아마도 팔순의 그에게서 우리 부모들이 살아왔던 한 세기가 파노라마처럼 펼쳐져 보였기 때문이리라.

공천포 바닷가에 별장을 짓고 남은 인생을 낭만적으로 살고 싶었던 C회장이다. 하지만 한 해 두 해가 흐를수록 바다는 그를 외롭게 만들었다. 파도 소리는 공허하게 주변을 휘저어 놓기 바빴다. 그럴 즈음 생활 무대였던 대전에서 가끔씩 자연을 즐기러 오던 제주살이에 새로운 변화가 불기 시작했다. 타향에서 만난 지인들의 즐겁게 살자는 권유가 그에게 새로운 희망을 심어준 셈이다.

C회장은 그동안 살아오면서 악기를 다뤄볼 기회가 한번도 없었다고 손사레를 쳤다. 음악은 귀로 듣기만 해도 행복한 고급 문화 아니냐고 반문하던 그가 번쩍번쩍 황금색으로 빛나는 색소폰을 들고 다니기 시작했다. 목관악기인 색소폰을 멋지게 연주하겠다는 열망은 파도 소리조차 삼켜버렸다. 앉아서 차를 마실 때도 '미 미 도 시 라 도 시 라 미 라 시 도 미 라 파 미' 하며 중얼거렸다.

그뿐이 아니었다. 며칠 전에는 곱슬곱슬 구불구불 펌을 한 채 카페에 들렀다. 멋쟁이가 되어 나타났다는 사람들의 환호성에 쑥스러운지 변명을 늘어놓다 얼굴까지 빨개졌다. 더 이상의 말이 필요 없었다. 그는 연배에 비해 머리숱이 많은 편이었다. 백발의 머리는 언제 봐도 점잖은 노신사의 풍모를 한껏 돋보이게 했다. 획기적인 그의 변신은 전혀 어색하지 않았다. 음악을 하는 예술가라면 생머리보다 곱슬머리가 어울린다는 지인들의 추임새에 빠져 미용실을 찾아갔다고 했다. 도회지도 아니고 서귀포 시골 마을에서 대변신이 일어났지만 겸연쩍어하고 쑥스러워하는 이는 당사자뿐이었다. 우리 모두는 그의 '젊어짐'에 대해 찬사를 보냈다.

C회장을 처음 만난 순간, 돌아가신 친정아버지의 잔영이 밀물처럼 온몸을 감쌌다. 언제나 반주를 즐기던 아버지는 술을 드시지 않은 날이면 한마디 말씀도 하지 않았다. 우리 오남매의 수선도 묵묵히 미소로 넘겨주었다. 그러다 거나하게 취기가 올라 퇴근해오는 날이면 골목 밖에서부터 〈타향살이〉를 부르며 들어오셨다. 화를 내거나 고함을 지르는 일 없이 낮은 목소리로 조근조근 '잘한다, 잘해' 하시며 고개만 끄덕이던 아버지였다.

춘천이 고향인 아버지는 강원도 사람으로 평생 공무원이 천직이라 생각하며 나랏돈을 받아 생활했다. 조용한 성품은 유행가 가락의 애절함과 항상 잘 버무려졌다. 이 도시 저 도시로 전근 다니며 타향살이를 즐겨 부르던 아버지의 속내는 가장으로서의 책임감 때문이었을까. 나라가 가난했던 시절,

박봉으로 아내와 자식을 먹이고 입혀야 했다. 한 가족을 부양해야 했으니 술 한 병과 유행가 가락에 고단함을 잊으려 하지 않았을까.

> 타향살이 몇 해던가 손꼽아 헤어보니/ 고향 떠난 십여 년에 청춘만 늙어/ 부평 같은 내 신세가 혼자도 기막혀서/ 창문 열고 바라보니 하늘은 저쪽/ 고향 앞에 버드나무 올 봄도 푸르련만/ 버들피리 꺾어불던 그때는 옛날
>
> —〈타향살이〉 전문, 작사 김능인, 작곡 손목인

아버지는 C회장의 연배쯤에 저세상으로 떠났다. 팔순의 나이에 남은 인생을 젊고 즐겁게 살고자 노력하는 그를 볼수록 돌아가신 아버지에 대한 그리움이 가슴을 타고 오른다. 유행가 한 곡이 흘러간 시대의 문화를 대변하고 있지만, 예나 지금이나 사람들 고향은 언제나 늙지 않는 실낙원 같은 곳일지도 모른다. 한번 태어나면 떠나야 할 인생길 아니던가. 잘 살고 못 살고를 이야기할 필요가 없을 듯싶다. 노후를 외롭지 않고 행복하게 보낼 소박한 일상 속에서 색소폰은 간절한 음색으로 꿈을 심어주는 악기가 되었다.

호흡이 벅차 조금 삑 소리가 울려도 괜찮다. 언제나 타향살이의 여운은 흐르는 세월과 함께 이웃들 이야기로 추억 속에 저장되어 빛날 수 있을 터다.

제5장

환생을 들려주는 바람 소리

월동 김치 칸타빌레

고추바람이 세차게 분다.

현관문을 열자 매서운 겨울바람이 코끝에 닿았다. 얼얼한 기운을 온몸으로 느끼며 그가 도착하기만 기다렸다. 잠시 후 휴대전화 멜로디가 요란하게 울려퍼졌다. 제주공항에서 표선행 버스를 탔다는 그의 음성이 차분하게 귓가에 아른거렸다. 정말 오랜만에 제주에서 그를 만나게 되었다.

강화도에 사는 그를 알고 지낸 지 이십여 년이 흘렀다. 뽀얗고 말간 어린아이 같은 얼굴을 한 그는 좀처럼 수다를 떨지 않았다. 늘, 씩 소리 없이 미소를 보내주는 게 전부였다. 그가 소설을 쓰는 전업작가가 아니었다면 만남이 계속될 일도 없었다. 소설가를 꿈꾸던 문학청년은 혼기도 놓쳐버린 채, 예순을 넘겨버린 노총각이 되었다.

끊임없이 마땅한 색시를 찾는다고 소문을 낼 만큼 그는 단란한 가정을 원했다. 장가 좀 보내달라는 그의 말은 언제나 진지했다. 또래 친구들 모두는 할아버지가 되어 손주 재롱에 빠져 있을 나이였다. 늙은 총각이 신부를 만날 기회가 쉽지 않을 터였다. 혼자 살아온 세월이 긴 탓일까. 그의 집을 방문했을 때였다. 정갈하게 치워진 부엌은 반들반들 윤기가 흐르고 있었다. 내심 장가 가기 힘들지 않을까 생각했다.

반짝반짝 빛나는 깔끔한 주방을 보고 어느 여자가 독신남에 대한 안쓰러움이 생겨날까 걱정도 되었다. 아니나 다를까. 어느 정도 사귀던 아가씨들은 그의 집만 다녀가면 결혼을 포기하고 달아나버리기 일쑤였다. 방이며 주방이며 마당이며 먼지 한 톨 없이 깔끔하게 정리정돈되어 있으니 기가 질릴 만했다. 김장까지 손수 저장해놓고 먹으니 여자 손길이 아쉬울 일 없다고 느꼈을 게다.

소설 쓰기와 사진 찍기와 집안 청소가 유일한 낙樂인 그였다. 오랜만에 머리를 식히기 위해 방문한다는 연락을 받고 반갑고 또 반가웠다. 생각과 달리 꼼지락거리다 정류장에 조금 늦게 나갔다. 버스는 이미 도착해 있었다. 작은 배낭을 멘 그의 손에는 분홍색 보자기로 싼 꾸러미가 들려 있었다. 얼굴 가득 잔잔한 미소를 머금고 쑥스러운 듯 분홍 꾸러미와 가방을 내밀었다.

"김장김치 좀 가져왔어요."

순간 당황스러웠다. '아니, 김장김치라니?' 하지만 이내 그의 속내를 알아차렸다. 분홍 보따리에 싸여 있던 플라스틱통 뚜껑을 열자 안에는 지퍼백에 두세 포기씩 담긴 배추김치가 가지런히 놓여 있었다. 여자도 아닌 남자가 김치통을 싸들고 제주도를 오다니! 화물칸에 붙이지 않고 기내에 싣고 오면서 냄새가 날까 걱정되었나보다. 지퍼백과 랩으로 칭칭 싸서 통 안에 넣어 들고 왔으니 정성에 말문이 '턱' 막혀버렸다. 그의 생활상을 알고 있던 나로서는 눈물이 핑 돌았다. 순간 눈앞이 아찔해졌다. 금전적으로 가난했던 그는 우리 집에 오면서 무언가 귀한 선물을 준비하고 싶었나보다. 한겨울을 보내야 하는 저장식량으로 김치만큼 요긴한 식품이 또 있을까. 자신이 가진 식량 중 가장 귀한 식품을 선물로 가져오다니.

그는 소설을 쓰기 위해 강화도 산골 마을로 귀향해 살고 있다. 강화도 외진 시골은 생활비를 아낄 수 있는 최적의 장소라고 자랑을 일삼던 그였다. 산골에서 전업작가로 살아가는 일이 그리 녹록하지만은 않았다. 적은 원고료로 살아가야 하는 작가의 길이 고달프기도 하겠지만, 소설 쓰기에 대한 소신은 가난조차 문제되지 않았다. 남북한 현실을 탈북자들 시선으로 소설화시키고 있는 작가의 세계관에 늘 박수를 아낌없이 보냈다.

그의 글쓰기는 우리가 처한 사회정세에 경고장과 같은 메시지를 남겨주고 있다. 하지만 독자들은 너무 많이 들어온 탈북자들의 사연에 새로움을 느끼지 못했다. 그동안 접했던 탈북자들의 사연에 관심보다 외면하는 태도를 보일 뿐이었다. 그는 돈만 모이면 중국 연변으로 건너가 탈북자들 경로 확인을 위해 헤매는 일도 포기하지 않았다. 그러한 그가 월동준비로 직접 담근 김치를 선물로 가져왔으니 무엇과도 바꿀 수 없는 귀한 양식이 분명했다.

부양가족 없이 혼자 살아가는 그는 건강관리를 위해 채식 위주의 식단을 꼼꼼히 준비해 먹었다. 통배추와 무와 파, 고추 등을 텃밭에 심어 가꿨다. 해마다 초겨울이면 스무 포기 이상 김장을 해놓고 뒤뜰에 파묻어놓는다. 김치는 한국인의 밥상에 한 끼도 빠지지 않는 필수 반찬이다. 아무리 산해진미를 차려놔도 김치가 빠지면 허전하고 아쉽다. 삼국시대부터 유래되었다는 김치는 고려시대를 거쳐 조선에 들어와 오늘날과 같이 변천했다. 고장마다 집집마다 양념을 버무리는 방법이 조금씩 다르긴 하다. 그래도 발효식품으로서의 가치는 어떤 재물보다 값지지 않겠는가. 김치는 우리 민족의 변천사와 궤도를 같이해온 음식문화의 정수라 할 수 있다.

진한 마늘과 생강 냄새에 섞여 멸치액젓의 향내가 가슴 깊이 메아리를 만든다. 배추에 소금을 뿌리며 시린 손을 호호 불었을 그를 생각하면 고맙고 애잔했다. 김치만 있으면 찌개, 전, 볶음을 아무리 해먹어도 질리지 않고, 경제적이라며 웃던 그의 모습이 자꾸 쓸쓸해 보였다. 아마도 허름한 옆자리가 비어 있기 때문 아닐까. 맵찬 바람 이겨낼 동반자가 하루 빨리 생겨 함께 따스한 겨울을 보냈으면 하는 바람이다.

올 한해를 갈무리하며, 겨울 양식으로 김치만큼 요긴한 식품이 없다고 예찬하던 그의 해맑은 표정이 시나브로 나타났다 사라진다.

환생을 들려주는 바람 소리

은둔의 왕국에 도착했다.

히말라야산맥에 둘러싸여 있는 파로공항은 바람을 가둬두기라도 할 듯 고요했다. 바람[風]은 모든 사람의 간절한 바람[望]을 간직한 채, 골목과 거리와 허공까지 쓸고 다녔다. 부탄이란 나라는 '신들의 정원' 혹은 '벼락치는 용의 나라'라고도 한다. 부탄은 히말라야산맥 한가운데 푹 파묻혀 수 세기 동안 세상과 동떨어져 지내며 대승불교의 전통을 지켜왔다. 국기에 그려진 용 한 마리가 여행객의 마음을 요동치게 만든다.

공항 밖으로 나오자 원피스로 된 전통 복장인 '고'를 단정하게 차려입은 가이드가 얼굴 가득 웃음을 머금고 반겨준다. 그는 맑고 선한 눈을 커다랗게 뜨며 수줍은 듯 자기 소개를 했다. 부탄에서의 첫 인연이다. 악수로 맞잡은 그의 손이 유난히 따뜻했다. 온기가 손바닥을 통해 소용돌이를 만든다. 손을 잡고 흔드는 순간, 저릿한 기운이 내 혈관을 타고 온몸을 휘저었다. 아찔한 전율이 부채살처럼 퍼지는 햇살을 가로막는다. 가까스로 정신을 가다듬으며 젊은 청년을 바라봤다. 해맑은 표정으로 눈맞춤을 하고 있다. 그가 서 있는 사이로 잔잔한 바람이 길을 만들며 옷자락 마디를 여미게 했다.

"저는 한국에 있는 경희대에서 유학했습니다."

그의 음성은 현악기 울림처럼 부드럽게 귓속을 파고들었다. 말을 할 때마다 얼굴 가득 피어나던 미소는 친근감을 불러일으켰다. 까무잡잡한 피부조차 예전에 어디선가 본 듯한 친숙하고 다정한 이미지다. 어디서 봤을까.

꼿꼿하게 허리를 세운 채였다. 다리를 모으고 버스에 앉아 있는 그의 모습을 보며 마음이 흔들렸다. 검정 스타킹을 신은 다리가 부동의 자세로 인해 가늘게 보였다. 여자들 치마처럼 생긴 전통 의상은 다리를 벌리고 앉는 남자들의 무례한 몸동작을 허락하지 않는다. 그래서인지 더욱 겸손해 보이는 옷매무새다. 자꾸 그에게 시선이 갔다. 나를 피하지 않으며 눈길이 마주칠 때마다 웃음으로 화답해준다. 덩달아 따라 웃었다.

'언제 만난 듯 익숙한 얼굴인데' 도통 생각이 나질 않는다. 하지만 그를 만났을 리 만무하다. 한국에서 유학을 마치고 왔지만 내가 사는 지역과는 거리가 멀었다. 활동하던 영역도 전혀 달랐다. 하물며 나이 차이도 많지 않던가. 그의 웃음이 또 나를 향하고 있다. 현재의 삶에서 그를 만난 일 없다면 전생에 인연일 수 있겠다는 생각이 머릿속을 휘저어놓는다. 그와 내가 전생에 부모 자식이었거나, 부부의 정으로 혹은 연인 사이로 만났을지 모를 일이다.

왜 각별한 사이였던 인연으로 의식되는지 알 수 없다. 부탄에 존재하는 모든 신들이 나를 과거의 세상으로 인도하는 듯싶다. 아니면 부처님께서 그와 나를 맺어주고 싶어 강한 에너지를 발산하는 걸까. 훅, 밀려오는 예상치 못한 힘은 내 사고를 완전히 지배하기 위해 분주했다. 그때였다.

"꼭 어머니처럼 따뜻한 기운이 전해져요."

그는 살짝 입꼬리를 올린 채 말을 건네왔다.

화엄에서는 모든 일이 될 수 있다는 절대 긍정을 통해 연기법의 연멸緣滅을 가르치고, 반야, 중관에서는 그 어떤 것도 아니라는 절대부정을 통해 연기법을 가르친다. 화엄의 법계연기는 사사무애事事無碍 연기라 했다. 사사무애 연기는 '일즉일체, 일체즉일'로 하나가 곧 무한이요, 무한이 곧 하나다. 그러기에 내가 항상 존재하는 곳에서 관계 맺은 인연은 저기 아니면 여기 사이에서 생사를 떠나 조화를 이룬다 하지 않던가.

어느덧, 그와 함께 향하고 있는 곳은 '푸나카'였다. 그곳에는 부탄에서 가장 아름답다고 하는 '푸나카 종'이 남녀 화합의 의미를 간직한 채 자리하고 있다. 아버지의 강인 포추와 어머니의 강인 모추가 합쳐지는 길목이다. 한 폭의 수묵화처럼 지나는 이들의 시선을 사로잡고 있는 사원이 '푸나카 종'이다. '종'이라 불리는 사원은 정치를 관장하는 관공서를 포함하고 있다. 또한 승려들이 기거하며 국책을 의논하고 결정했던 성과 같은 건물이다. 줄지어 서 있는 나무 숲과 소박한 기원을 담은 기도문이 룽다와 타르초의 깃발 사이로 펄럭펄럭 바람 소리를 들려준다.

바람이 실어나르는 경전의 소리를 듣고 싶어 두리번거릴 즈음 광장 안쪽에 자리한 거대한 보리수나무가 손짓한다. '지금 처한 상황에 만족하라' 초르텐을 앞에 두고 탑돌이하는 이들에게 이마에 달린 또 하나의 눈을 바라보라고 말한다. 석가모니께서 깨달음을 설파한 보리수나무는 편안하고 안온하게 그늘을 만들었다. 얻을 것은 무엇이고 잃을 것은 무엇인지 보리수 이파리는 조용히 물어온다.

내 인생의 행선지는 어디인가. 극락이란 괴로움이나 불행 없이 항상 즐거움과 행복만 가득한 세계라 했다. 그래서 누구나 극락을 찾고 원하는 걸까. 현재라고 하는 지금은 시간이며, 시간이란 변화일 터이다. 과거는 변화가 완료되어진 상태이다. 현재란 변화하고 있는 시점이다. 미래란 아직 변화하지 않은 상태이다. 그러기에 현재는 과거와 미래를 모두 포함하고 있지 않은가. 문득, 푸나카 종으로 들어오는 입구에 있던 나무다리를 건널 때, 그가 불러주던 노랫가락이 애절하게 가슴을 휘감는다.

푸나카라는 지역은 남자 강과 여자 강이 만나는 장소이다. 남자 강에 터전을 일군 물고기는 잘 생겼고, 여자 강에 살던 물고기는 예뻤다. 잘 생기고 예쁜 둘이 만나 사랑을 하자 누군가 방해를 한다. 헤어졌다 다시 만난 둘은 인연법에 따라 여러 가지 사연을 간직한 채 지고지순한 사랑을 하게 된다. 아마 푸나카 종에서 들려오는 불경 소리를 듣고 그들도 참회와 참선을 반복하지 않았을까. 끊어질 듯 이어지던 한 소절 한 소절이 마음을 후벼팠다. 노래를 끝낸 그가 내게 질문을 했다.

"환생을 믿으세요?"

꼬불꼬불 좁고 비탈진 비포장길 위를 곡예하듯 달리는 미니버스 속에서 25살 앳된 청년이 환생을 물었다. 부탄은 대승불교 사상을 모태신앙으로 따르고 섬기는 국가였다. 국민의 90%가 불교를 종교로 삼고 있다. 그래서일까. 그는 대학을 졸업하면서 바로 출가를 준비했다고 한다. 출가가 그리 쉬운 결심이 아닐 터인데 한창 혈기 왕성한 젊은 남자가 승려를 꿈꿨다니 놀라웠다. 행복지수가 세계 1위인 나라에서 승려를 꿈꾸는 청년은 외국인의 호기심을 자극할 만했다. 고등학교 시절 우수학생으로 뽑혀 한국 유학까지 무상 혜택을 받은 그였다.

"저는 환생을 믿어요."

움직이는 버스 속에서 그는 자신의 전생을 이야기했다. 조선시대에 한국인으로 태어나 살다 부탄에서 환생한 탓에 한국을 사랑한다고 했다. 그는 조선시대에 학자 아니면 승려이었을까. 묻고 싶었지만 애써 참았다. 나와 인연도 전생 업에 의해 이루어진 관계라면, 그의 환생에 대한 믿음을 내가 확인해야 할 필요가 없지 않은가.

육신보다 영혼을 중시하는 대승사상이다. 그러기에 육체보다 정신을 우선하고 불법을 깨닫는 일이 곧 윤회를 끊는 일이라 생각한다. 환생불도 그들에게는 모든 일에 영험함을 보이며 정신적 지도자로 손색이 없다. 높은 산악지대에 터전을 일구고 살아오는 동안 울창한 숲은 맑은 공기와 풍부한 수량을 만들어주었다. 바람은 부처님 말씀을 모두에게 실어나르는 일에 부족함이 없었다. 학식과 덕망을 고루 갖추고 중생들의 바른 생을 인도하던 린포체가 죽음 후에 다시 어린 아이로 환생한다. 린포체는 예전의 능력을 되살려 중생구도에 매진한다. 이보다 좋은 일이 어디 있겠는가. 환생불의 상구보리上求菩提 하화중생下化衆生에 대한 원력을 믿고 신성시할수록 마음까지 평화롭고 행복해진다면 바람이 전해주는 경전 소리를 굳이 마다할 사람 있겠는가.

"그대는 전생에 어느 절에서 살았지?"

"경주에 있는 불국사예요."

또다시 바람이 스르륵 소리를 낸다. 얼굴을 스치고, 코끝을 간질이며, 귓불을 쓰다듬는다. 향기가 물씬 풍겨온다. 모락모락 향불이 타오른다. 소리 없는 울림이 너울춤을 춘다.

그는 꿈에서 부처님의 가피를 받았다고 했다. 자신이 해야 할 일이 무엇인지 가르침을 받았으니 욕심도 버리고 마음마저 내려놓는다 했다. 하심下心을 깨닫고 탑돌이를 하며, 오체투지로 고행도 경험했으니 그도 부처일까. 구호단체 일을 하고 싶다는 그의 몸이 바람 소리를 들었는지 가늘게 흔들렸다.

"한국에 가면 적멸보궁 다섯 군데와 불국사에 꼭 가보고 싶어요."

그 말을 듣는 순간 선뜻 안내를 해주겠다고 약속했다. 그는 자신의 전생이 '김대성'이었다며 엷은 미소를 흘렸다. 환생을 믿는다는 부탄 청년이 불국사와 김대성을 이야기한다. 김대성은 신라시대 재상이 아니던가. 김대성은 경덕왕의 명에 따라 불국사를 다시 짓고 석불사(훗날 석굴암)를 새로 지었다(774년 완공)고 전해오는 인물이다.

『삼국유사』에 따르면 김대성은 전생에 경주 모량리의 가난한 여자 경조의 아들로 태어나 품팔이를 하며 살았다. 그러던 어느 날 "하나를 보시하면 만 배의 이익을 얻으리라"는 스님의 말을 듣고 품팔이로 마련했던 밭을 시주한 뒤 죽었다. 그날 밤 재상 김문량의 집에 다시 태어난 김대성은 전생의 어머니 경조도 모셔와 함께 살았다고 한다. 부자보다 가난한 이의 시주가 더 큰 인과응보의 결과를 얻어냈으니 불교로 귀의한 김대성은 사찰 불사에 큰 힘을 보탤 수밖에 도리가 없지 않았겠는가.

다시 태어난다는 사실은 무슨 의미일까. 아마도 기계적으로 습득한 지식은 버리고 처음 태어날 때처럼 순진무구함으로 돌아가는 길을 의미할지도 모른다. 부탄에서 가이드를 하는 그가 신라시대 김대성이었다면 현재 나의 전생은 경조였을까.

부처님의 말씀이 연기로 남아 룽다에서 타르초와 초르텐까지 전해지는 찰나다.

살아 있는 순간

부지런히 움직인다.

가느다란 발들이 분주하다. 어디로 가는 길을 특별히 만들어놓지 않았음에도 여전히 바쁘다. 잠시 앉아 쉬지도 않는다. 물살이 출렁일 때마다 흔들리는 수염은 한껏 뽐내기를 하고 있다. 산소를 쏟아놓는 물거품 속에서 몇 시간의 생존을 위해 온몸으로 노력도 아끼지 않는다. 어느 곳을 향해 가고 싶은 것일까. 자기 마음대로 갈 수 없는 갇힌 공간이다. 그곳에서 할 수 있는 일은 무엇일까. 그들의 끊임없는 질주가 애처롭기만 하다.

더위가 사그라질 무렵, 초가을의 선선함이 피부에 와닿을 때쯤이면 대명항은 '왕새우 소금구이' 현수막으로 현란해진다. 빨강, 파랑, 노랑, 초록, 원색의 선명함은 펄럭일수록 더욱 눈길을 붙잡는다. 언제부터인가 9월로 접어들면서 대명항은 왕새우 소금구이를 찾는 손님들로 북적였다. 김장철 새우젓으로 유명해진 항구에 횟집들이 늘어났다. 여름내 치어를 키워온 양식장에서는 앞다투어 흰다리새우 출하를 서두르기에 급급하다. 수족관에 갇힌 새우들은 자신들이 태어난 곳이 양식장 어느 수조라는 사실을 알고 있을까. 활어차를 타고 이곳까지 와 바라보는 세상은 다양한 형태의 수족관 넓이만큼이 전부다.

흰다리새우과인 왕새우는 대명항에서 전어와 함께 가을의 대표 수산물로 손꼽힌다. 새우는 단백질, 비타민, 타우린, 칼슘 등 각종 영양분이 다량 함유돼 있어 아이들 성장발육에 최고다. 또한 고단백 저지방 식품으로 다이어트에도 도움이 된다고 알려졌다. 특히 해산물 특유의 비린 맛을 싫어하는 손님들도 씹을수록 고소한 식감에 금방 빠져들곤 한다. 달궈진 소금판에서 익힌 새우구이 맛은 담백해 남녀노소 모두에게 사랑받고 있다.

새우 몸은 딱지로 덮여 있고 머리, 가슴, 배로 나눠어 있다. 두흉부는 딱딱한 원통이 감싸고 있다. 한 쌍의 자루가 있는 눈은 까맣고 동그랗다. 두 쌍의 더듬이와 다섯 쌍으로 된 가느다란 다리는 볼수록 눈을 어지럽게 만든다. 육지가 아닌 물속에서 양발을 이용해 헤엄치는 모양은 카약 선수들의 진지함으로 다가온다. 일곱 마디로 되어 있는 배 부분은 몸을 물에 떠 있게 하는 데 편하도록 발달되어 근육처럼 단단해

보인다. 아가미로 호흡하고 암수 딴몸으로 탈바꿈하는 새우들은 가을철 건강식으로 모자람이 없다.

작년 이맘때쯤. 부탄에서 린첸이 한국 방문 소식을 알려왔다. 오랫동안 만나지 못한 탓에 보고 싶고 그리운 마음은 하늘만큼 땅만큼 깊었다. 설레는 기분을 가라앉히며 무엇을 먹여야 하나 고민할 필요가 없었다. 한창 제철인 왕새우 소금구이를 해주어야겠다고 생각했다. 부탄에 없는 독특한 한국요리를 소개해줄 수 있어 내심 뿌듯해졌다. 부탄은 바다가 없는 나라다. 히말라야산맥에 둘러싸여 빙하가 녹아내린 물이 강을 이루고 있는 특이한 지형을 지닌 작은 나라다. 그에게 왕새우 소금구이는 별미 중 별미일 터였다. 그가 도착하고 식단이 차려졌을 때, 내 상상과 기대는 산산이 부서지고 말았다. 부탄은 국민 80%가 불교를 숭앙하며 부처님 말씀을 실천하고 있는 국가다.

"저는 자연사 하지 않은 동물들은 먹지 않습니다."

그는 흔들림 없이 차분한 음성으로 단호하게 대답했다. 아뿔싸! 부처님 가르침에 의해 낚시도 국법으로 금지시키는 나라 아니던가. 바다가 없어 생선은 귀한 음식일진대 강에서 낚시조차 금지시켰으니 그들은 비린 맛을 알지도 즐기지도 못할 일이었다. 특히 린첸은 불자로서 출가의 길을 걷고 있었다. 한국에서 유학 경험이 있었던 린첸은 비린 생선을 먹을 줄 모르는 사람이 아니었다. 단지 뜨겁게 달궈진 냄비 속에서 소금 열로 인해 꿈틀거리며 요동치는 새우의 몸부림을 보고 자비심이 발동한 때문이었다.

사실 린첸뿐 아니라, 대다수 손님들도 살아 있는 새우를 달궈진 소금판에 넣으면, 파닥거리는 몸부림을 보며 잔인하다고 소리친다. 하지만 잠깐의 몸부림 후에 벌겋게 익어가는 새우살을 맛나게 먹지 않는 손님은 거의 없다. 불교에서는 사바세계에서 가장 상위 등급인 사람이 먹기 위해 동물과 곤충을 죽이는 행위는 용서받을 수 있다고 했던가.

먹거리를 앞에 놓고 사람들의 겉마음과 속마음이 생각과 크게 다름을 발견할 때마다 당혹스럽다. 불자의 길을 걷기 시작한 린첸이 살생을 하지 않으려 한다. 도축한 고기보다 자연사한 가축만 고집하는 일도 보살행이라 여겨졌다. 그의 진지한 태도에 가을철에만 맛볼 수 있는 새우를 최고의 보양식이라 권하던 손길이 슬그머니 부끄러워졌다. 불자가 아니라도 살아 있는 미물의 목숨을 가지고 왈가왈부하는 일이 예의가 아닌 듯싶었다.

사람이 사람으로 살아가면서 본의 아니게 죽음에 대한 강도를 깊게 생각할 수 있는 마음이 항상 열려 있다면 세상은 어떠할까. 아마 재미없을지 모른다. 악한 죄를 모르고 정직함만 지닌 채 살아간다면 도덕과 윤리, 규범 따위는 만들어지지 않을 수도 있지 않을까. 이런 어리석은 질문이 마음보다 앞서나감은 보고 느끼고 깨달아야 하는 평범한 사람이기에 가능한 일이다.

양식장에서 부화해 수족관에 갇혀 있다 뜨겁게 달궈진 소금판 속에서 생을 마감하는 새우의 일생이다. 그들은 주어진 자기 몫에 대해 얼마나 진솔해질 수 있을까. 무심히 보았던 하찮고 보잘것없는 미물도 생명에 대한 존귀함은 있지 않겠는가. 붉게 변한 새우의 몸뚱이는 고통을 수반한 결과물의 흔적이다. 저들은 살아생전 아무 잘못한 일도 죄지은 일도 없다. 다음 생에서는 사람으로 태어날 수 있을까.

쉼 없이 움직이는 새우를 바라본다. 그들을 따라 분주한 내 눈길이 살아 있는 순간에 대한 최대한의 예의라면 그것도 오만이려나.

위험한 착각

늦은 시각.

야간 운전은 곡예사가 외줄을 탈 때와 흡사하다. 제주도 대부분은 행정구역이 '리'에 속하는 시골 마을의 경계에 있다. 그곳은 가로등이 드물게 설치되어 있어 일몰 이후에는 다니기가 불편하다. 내가 살고 있는 신천리 또한 해가 지면 주변은 온통 어둠속에 잠겨버린다.

일과를 끝낸 저녁 시간에 약속이 있어 이웃 동네를 다녀와야 했다. 검은 그물에 갇혀 숨소리도 들리지 않는 마을을 빠져나오며 '칠흑 같은 어둠'이 이런 경우일 거란 생각을 할 때였다. 갑자기 도로변 풀숲에서 가느다란 빛이 번쩍였다. 무엇인가 내 앞으로 뛰어들어오는 착시현상이 생겼다. 순간, 오른발이 반사적으로 브레이크 페달을 밟았다. 동시에 '퍽' 하는 둔탁한 소리가 차체에 전달되는 듯한 느낌을 받았다.

눈을 질끈 감아버렸다. 교통사고다. 온몸에 힘이 빠지며 소름이 삐죽삐죽 솟아났다.

어떤 물체가 차체에 부딪혔는지, 아니면 바퀴에 깔렸는지 알 수 없어 차에서 내릴 용기가 나질 않았다. 무섭도록 캄캄한 주위 탓도 있었지만, 예상치 않던 사고에 대한 두려움이 더 컸다. 마음속은 현장 확인을 하라고 외치고 있지만 내 발은 액셀러레이터를 더 세게 밟고 있었다. 뒤통수를 무엇인가 끌어당기는 듯한 끈적거림을 뒤로한 채였다. 가로등 불빛이 보이고, 카페의 네온이 보이자 안도의 숨을 몰아쉬며 겨우 집 주차장에 차를 세웠다. 두근거리는 가슴을 손으로 쓸어내렸다. 번쩍 빛났던 섬광은 들고양이의 눈빛이었을까 아니었을 거야, 도리질쳤다.

시간이 흐를수록 사람이 아닌 들고양이 한 마리쯤이야 괜찮겠지 하는 당연함이 몸 전체로 퍼졌다. 나는 잘못한 게 없다. 그 일은 우연이었고, 누군가가 정성을 들여 키우는 집고양이도 아닐 터다. 들에서 거칠게 살아가는 도둑고양이쯤으로 치부해버린 양심의 소리가 점점 고개를 들었다. 은연중, 정당화하려던 내 마음은 콩당콩당 숨이 가빠졌다. 가로등도 없는 어두운 도로에서 무단횡단하던 사람을 치었다면 영락없는 뺑소니 운전자가 아닌가. 그렇다면 도덕적으로 지탄받고, 윤리적으로 비난받고, 사회적으로 매장당해야 하는 파렴치범이 되어야 마땅하다.

생명이란 사람이든, 동물이든 소중하고, 보호받아야 되고, 존중되어야 옳은 일 아닌가. 들고양이는 죽어도 정당화될 수 있고, 사람은 사후 대책이 필요하다는 논리는 석연치 않았다. 가슴 깊이 웅크리고 있던 양심이 나를 힐난했다. 그렇다고 핸들을 돌려 사고 현장을 다시 가볼 용기도 없었다. 시간이 흐를수록 머리카락만 곤두설 뿐이었다.

늦은 밤, 시골길을 운전하며 다닐 때면 항상 긴장하는 습관을 가졌어야 했다. 시골길이 보여주는 고즈넉한 풍경은 일몰 시간과 함께 숨어버리기 일쑤다. 특히 해가 진 뒤의 시골길은 도처에 위험이 도사리고 있다. 후미등도 없는 경운기, 보일 듯 말 듯한 자전거 운행, 짙은 색 옷을 입고 무단횡단을 하는 사람들까지 가슴을 서늘하게 만드는 일이 다반사였다.

집에 돌아와서도 내내 잠이 오질 않았다. 사고가 분명한데 현장 확인을 하지 않고 도망친 행동은 엄연한 잘못이라는 판단이 꿈틀꿈틀 머릿속을 휘저었다. 자동차 바퀴에 치여 피투성이가 되어, 내장까지 들어내놓고 널브러져 있는 개나 고양이의 환영이 자꾸 눈앞을 어지럽혔다. 교양과 인격으로 포장해온 도덕성이 와르르 무너져내려 밤새 뒤척이며 후회를 곱씹었다.

새벽 일찍 주차해놓은 자동차 바퀴를 확인해봤다. 핏자국이라도 묻어 있으면 어쩌나 하는 두려움이 앞섰지만 용감해지기로 했다. 육안으로는 아무런 표시조차 찾을 수 없다. 서

둘러 사고 현장으로 달려갔다. 차를 멈추고 이쪽 저쪽 살펴봐도 주변은 깨끗했다. 잔여물이나 사고 흔적을 찾아봤지만 보이질 않았다. 점점 어제 상황이 두려움에 의한 착각이었나 하는 얄팍한 혼돈이 여유를 갖게 했다. 삼십여 년이 넘도록 무사고 운전자가 아니던가. 우쭐한 오만이 슬며시 고개를 들기도 했다. 도덕적 가치관이나 윤리관은 나를 합리화시키는 데 더 익숙해 있는 듯싶었다. 밤새 밤잠을 설쳤던 이유도 양심가로 행동하기 위한 편리주의에서 오는 발상이었는지 자책이 밀려왔다. 하루 종일 고양이에 대한 미련은 떨쳐버릴 수 없었다.

생명 존중의 마음 또한 자신을 구원하고 내세를 기약하는 일이 아닐까 싶다. 한 발자국 걸음을 옮길 때마다 보이지 않던 미물의 죽음까지도 안타까워하며 조심하는 모습이 우리 마음속 근본이어야 할까. 문화 매체의 발달로 가끔은 인간애가 경외시되고 있지만 생명은 존중되어야 한다는 소견만큼은 변함이 없다.

시골길이 주는 편안한 정서에 앞서 자동차문화가 정착된 이즈음이다. 가로등도 없는 지방도는 안전에서 노출된 위험한 도로가 분명하다. 도로 안전수칙을 이행하는 모범운전자가 되어야겠다는 결심과 조심운전만이 최선이라고 스스로를 위로해본 하루였다.

내 마음을 챙기다

평범한 주부였던 디파 마.

그녀는 위대한 스승이었을까. 위파사나 수행을 하는 많은 이들에게 존경과 흠모를 받으며 사라진 여인. 그녀의 이야기는 농익은 석류 알갱이처럼 아름다운 성직자 모습으로 끊임없이 회자되고 있다.

얼마 전, 우연히 위파사나 명상법을 배울 기회가 생겼다. 아주 조금 밀알만큼 접근하게 된 명상수행은 그동안 지녀왔던 내 마음의 틀을 바꾸기 시작했다. 생각을 멈추고 마음마저 챙기는 일은 내 몸 안에 흐르는 호흡의 줄기를 알아채는 무심의 행위였다. 들숨과 날숨의 움직임에서 따뜻함과 서늘함을 눈치챈다. 감각의 변화를 느끼는 일은, 깊은 호수에 돌을 던지는 행위와 같다. 또한 신경세포 하나하나가 파장을 일으키는 외침이다. 잔잔한 호수에 던져진 돌로 인해 물의 파장은 격렬한 울림으로 비친다. 마치 우리 삶 자체가 내 의지와 상관없이 흘러갈 수 있음을 증명하듯, 호흡의 움직임은 온몸 전체를 편안하게 만들어주었다.

그즈음 읽게 된 『붓다의 딸, 세상을 비추다』는 내게 신천지와 같은 '새로움'을 맛보게 했다. 그 책은 명상을 어떻게 해야 하는지, 몸에서 어떤 변화를 느낄 수 있는지, 그에 대한 이유와 결과까지 모든 궁금증을 해결해주는 지침서였다.

우리는 흔하게 '마음'이란 단어를 사용하고 있다. 우리는 '마음'이 구체적으로 어떤 감정의 변화를 일으키는지 알아채지 못하며 살아간다. 백과사전에서는 마음은 '사람이 다른 사람이나 사물에 대하여 생각, 인지, 기억, 감정, 의지, 그리고 상상력의 복합체로 드러나는 지능과 의식의 단면을 가리킨다'고 쓰여 있다. 이 논리는 모든 뇌의 인지 과정을 포함하기도 한다. 또한, 어떠한 실체의 생각과 의식의 능력으로 정의하기도 한다. 그동안 내 몸에서 끊임없이 일어나던 감각의 변화를 등한시하며 살아왔다. 조용히 두 눈 감고, 홀로 앉아 온 마음으로 바른 대상을 향해 끊김 없이 계속해서 내 몸과 마음 자체를 바라보는 행위가 쉽지 않았다. 날마다 같은 시간에 정해진 시간만큼 명상수행을 체험하면서 계속 나 자신에게 질문을 던졌다.

"왜, 명상을 하는가?"

"수행을 하는 동안 어떤 변화가 있는가?"

내가 내게 던진 의문은 꼬리에 꼬리를 물었다.

왜 '명상'에 관심을 가졌을까? 처음에는 막연하게 내 마음 속에 도사리고 있는 '화'를 다스리고 싶었다. 60년 이상을 살아왔던 환경의 변화와 나이를 먹으며 깨닫게 되는 '삶의 마무리'에 대한 생각들에서 벗어나고 싶었다. 일 년여 동안 새벽 명상을 해오며 '화'라는 감정은 내가 생각만 바꾸면 가슴 속에서 요동칠 아무런 이유가 없음을 알아채게 되었다. '알아챔'으로 인해 '화'가 사라지지는 않는다. 하지만 그 순간을 눈치채고 바른 마음 하나 떠올릴 수 있음은 변화가 아니겠는가.

디파 마는 아주 평범한 여인이었다. 그녀의 삶은 인도라는 나라만큼 낯설고, 한 편의 드라마처럼 기-승-전-결을 보여주고 있다. 그녀가 지닌 의지와 마음가짐은 해야 할 일이 무엇인지 또렷하게 알고 살아갈 수 있도록 가능성에 대한 표본을 만들어주었다. 디파 마의 일대기를 읽으며, 그녀가 처한 녹록지 않은 상황이 자꾸 머릿속을 어지럽혔다. 어려운 환경 속에서도 명상에 대한 갈구와 노력은 수행을 하려는 모든 이들에게 귀감이 될 터였다. 그녀의 수행에 대한 결과물은 불러모으지 않아도 따르는 제자들이 생겼다는 점이다. 끊임없이 자신을 성찰하고, 바라보면서 하루에 네 시간만 잠자며 날마다 많은 시간을 명상으로 보낸 인내의 소산이기도 했다. 그녀의 노력은 편안함을 만들어냈고, 많은 사람들에게 흔들리지 않는 평화로움을 보여주게 되었다.

디파 마는 명상수행을 시작하기 전만 해도 두려움 많고 나약한 여인이었다. 12살에 결혼해 시집살이를 하다 훌륭한 스승을 만나 자유로운 사상가가 되었다. 언제나 자신을 찾아오는 여인들을 위해 상담까지 해주며 현실적인 문제에 대해서도 충고를 아끼지 않았다. 그녀는 그녀 자신이 본보기가 되어 여성들에게 위로와 안식을 주었다. 한 명의 여성으로 어머니이며, 딸이었으며, 가장이었다. 그녀는 붓다의 길은 누구나 갈 수 있는 충분한 사랑의 표현임을 증명해보였다. 불도의 길은 현재 삶에서 누구나 실천할 수 있는 안전하고 평온한 길임을 꾸준하게 입증해주었다. 그러기에 많은 사람들은 그녀의 행동 하나하나와 말 한마디 한마디를 귀담아들으려 하지 않았던가.

책장을 한 페이지씩 넘길 때마다 디파 마를 만났던 지인들의 회고는 새록새록 가슴을 울렸다. 명상수행에 대한 의구심이 들어 게을러질 즈음에 다시 읽고 또 읽었던『붓다의 딸, 세상을 비추다』는 풀어진 정신을 무장하도록 초심을 일깨워주곤 했다. 때론 허황된 경험담 같은 이야기도 '나도 할 수 있을까?' 하는 부러움으로 다가왔다. 나도 모르는 사이 그녀의 매력에 빠져 마력 같은 수행담을 되새기곤 했다.

진정성을 추구하는 명상에 대한 의구심은 풀리지 않았다. 디파 마를 만날 때마다 마음을 가라앉히고 길게 호흡해본다. 들숨과 날숨의 교차 속에서 뜨겁고 서늘한 기운을 느낀다.

다시 마음을 다잡아본다.

오늘도 머리에서 발끝까지 내 몸 구석구석에서 들려오는 감각의 소리에 귀기울여본다. 내가 갈 수 있는 길이 보이지 않는다 해도 끝을 향해 끊임없이 가보리라. 언제나 길 없는 길은 내 마음을 만나는 참 비상구가 될지도 모를 일이다.

그 여자가 사는 법

오월은 모두 분주하다.

신록의 푸르름도 꽃들의 화려함도 봄을 보내고 여름을 맞이하려는 움직임으로 정신없다. 화창한 햇살이 눈부실수록 녹음은 짙푸른 색으로 치장하기에 여념이 없다. 오월은 어린이날, 어버이날, 스승의 날과 부처님 오신 날까지 더해 '가정의 달'이란 상징성을 돋보이게 한다.

요즘 같은 정보통신시대에 '가족'이란 화두는 마음속 깊이 갇혀 있던 아날로그적인 감성을 드러내놓기에 안성맞춤이다. 휴대폰 한 대면 모든 일이 일사천리로 해결된다. '딩동' 문자로 딸아이는 어버이날 선물을 보내왔다. 익살스럽고 앙증맞은 캐릭터와 함께 선물꾸러미가 나를 향해 반짝거렸다. SNS를 통해 찾아뵙지 못해 미안하다며 딸아이는 안부를 묻고 전한다. 서울에서 제주까지 올 수 없음을 알면서도 목덜

미까지 서운함이 밀려왔다.

정보의 편리함과 빠름이 존재하는 세상에 딸아이는 살고 있다. 그래도 그렇지. 어버이날을 맞이해 빅데이터 마케팅을 통해 맞춤형 혜택까지 누리게 해준다는 문자 전송은 성의가 없어 보였다. 필요한 주문을 받겠다고 부연설명도 빠뜨리지 않았다. 인정도 정서도 변해가는 현대를 탓하며 살아가면서 잃어버리는 문화와 지켜야 할 도리 등은 무엇일까 곱씹어볼 때였다. 카페 문을 열고 그녀가 들어왔다.

커피 한 잔을 앞에 놓고 그녀는 내게 바쁘지 않냐고 물었다. 그 눈빛은 무언가 하고 싶은 말이 있는데 선뜻 입을 열지 못하는 표정이었다. 잠깐 망설이더니 그녀는 '교수는 어떻게 될 수 있냐'고 물어왔다. 뜨악한 질문에 당황할 사이도 없이, 군대 간 아들이 손편지와 함께 마스크팩을 어버이날 선물로 보내왔다며 수줍게 웃었다.

"그런데 할머니에게는 립스틱을 보내왔어요."

평소 마을 분에게 그녀 집안 이야기를 들어왔던 터였다. 어른들에게 인사 잘하고 효자라 불렸던 아들은 할머니 선물도 잊지 않았으니 왜 감격스럽지 않을까. 손편지는 말만 들어도 부러웠다. 사람 마음은 간사하다고 했던가. 문자로 선물을 보내왔던 딸아이와 비교가 되었다. 그녀는 우리 카페에 올 때마다 시어머니 자랑을 잊지 않았다. 결혼해서 지금까지 시부모님과 함께 살며 자신은 사랑을 너무 많이 받았다고 했다. 시댁 일이라면 머리부터 흔드는 며느리가 대부분인데 시부모에 대한 긍정적인 태도로 인해, 자녀 교육에까지 좋은 효과가 생겼을 듯싶다.

문득, 그녀는 시부모님에게 어떤 사랑을 받았을까 궁금해졌다.

"가정의 평화예요."

의외의 대답에 호기심이 솟구쳤다. 아들이 스물한 살이 되도록 시부모님은 한번도 부부싸움을 하지 않았다고 했다. 그런 두 분의 모습을 보고 자신들도 싸울 수 없어 집 안에서 큰 소리를 내보지 못했다니 놀라웠다. 부부가 살며 어떻게 안 부딪힐 수 있단 말인가. 부딪힐 수밖에 없는 수많은 일들을 현명하게 대처해나갈 수 있었던 이유가 무엇이었을까.

그녀 시어머님은 밭일도 혼자 하시고, 바다에서 물질도 하시며 돈을 벌었다. 일을 해 생긴 수입은 일 원도 빠뜨리지 않고 시아버님께 갖다드렸다. 시아버님은 그 돈으로 가계를 꾸려나가셨다. 반찬거리를 사거나 용돈이 필요하면 시어머님께서는 시아버님께 타서 쓰고 남은 잔돈은 다시 갖다드렸다. 결국 가장은 언제나 시아버님이신 셈이었다. 시어머님은 경제권에 대한 미련은커녕 돈은 남편이 관리해야 한다고 굳게 믿고 계셨다.

우리 세대만 해도 남편은 돈을 벌고 아내는 살림만 하는 줄 알았다. 요즘 젊은이들은 네 몫, 내 몫을 구분해놓고 맞벌이를 하고 있으니 서로 경제권의 우위가 필요 없지 않던가. 그녀 시어머님은 돈의 노예에서 해방되었으려나. 아님 경제의 복잡함을 알고 싶지 않은 채, 남편의 그늘이 최고다 믿고 사셨을지도 모른다. 경제권이 해결되니 가정의 평화가 지속되었다는 아이러니한 결론이다. 아마도 며느리는 시어머님의 마음을 헤아리고 있기에 늘 자랑을 앞세웠을 일이다.

립스틱을 어버이날 선물로 보내온 손자는 할머니의 사랑을 그리워하고 있었을까. 투박한 손으로 물질해온 온갖 해산물을 푸짐하게 올려주던 밥상이 할머니의 사랑이었음을 깨닫는다고 편지에 써 있었다. 편지지에 알알이 박힌 손글씨가 가족의 끈끈한 정임을 할머니도 알고 계실 터다.

PC와 인터넷, 모바일 기기 이용이 많아지면서 도처에 사람들 흔적이 데이터로 자동 저장되는 시대가 분명하다. 그래도 할머니에서 할머니로, 어머니에서 어머니로 내려오는 순수한 가르침은 보고 배우며 행동하는 그 자체가 아닐까. 앞으로 교수를 꿈꾸는 손자의 희망이 이루어졌으면 하는 바람이다.

다시 손전화가 울린다. '딩동, 넷플릭스 회원권 선물이요.' 이번엔 활짝 웃는 딸아이의 사진까지 전송되어왔다. 이렇게 경이로움을 맛보며 어버이날이 가고 있다.

서로 이웃

자꾸 옆자리의 대화가 귀에 거슬린다.

못 들은 척 지나쳐버려야 하나. 무심코 넘기려니 내 오지랖이 꿈틀꿈틀 요동쳤다. 통장 재발급을 받기 위해 은행 창구에서 기다릴 때였다. 동남아에서 온 남자와 여직원이 나누는 대화가 두 귀를 자극했다.

“송금할려고 그래? ATM에서 하면 되는데.”

“….”

“왜? 사용할 줄 몰라?”

“….”

“어느 나라에서 왔어?”

창구 여직원은 시종일관 반말로 외국 손님에게 말을 건네고 있었다. 가만히 듣고 있자니 괜스레 화가 나고 불쾌한 기분이 들었다. 고객에게 건네는 창구 여직원의 말투라 하기엔 예의가 아닌 듯싶었다. 동네 병원에서도 간호사가 스리랑카에서 온 남자 환자에게 처음부터 끝까지 반말을 건네는 모습에 의아해한 적 있었다. 어쩔 수 없이 엿듣게 된 일방적인 대화 내용에 말초신경이 곤두섰다. 여직원의 질문에 외국인은 난감한 표정만 짓고 있었다. 참고 있다 급기야 말참견을 해 버렸다.

"이 은행에서는 고객에게 반말로 상담하게 되어 있나요?"

질문의 진의를 파악하지 못한 여직원은 처음에는 무슨 말인가 하다 이내 눈치를 채고 변명을 늘어놓았다.

"자주 오시는 친한 단골이라서요."

듣기 거북한 어이없는 답변이었다. 친한 사이인데 어느 나라에서 왔는지도 모른단 말인가. 설사 친한 고객이라 해도 그렇게 함부로 말하면 안 되는 일 아닌가. 공적인 업무를 처리하는 기관에서 옆자리까지 들리도록 큰소리로 동생한테 하는 말투를 사용하다니 도저히 이해되질 않았다. 옹색한 직원의 해명을 듣고 쓴웃음을 삼켜야 했다.

은행 한쪽 벽면에는 커다란 화보가 고객에게 소리 없는 아우성을 보내고 있었다. '고객님이 상대하는 직원은 여러분들의 동생일 수도 친구일 수도 있습니다. 함부로 말하거나 고성을 삼가주세요.' 물론 다수의 고객을 상대하다 보면 별별 일이 생겨날 터다. 얼마나 고객들이 창구 직원들에게 막말을 하면 저런 광고 포스터를 붙여놓았을까. 안타깝기도 했지만 지금 내 눈앞에서 벌어진 상황은 고객만 탓할 수는 없지 않은가. 저 문구는 어떻게 해석해야 할지 갑자기 가슴이 답답해졌다.

예전에 딸아이가 공부하고 있던 캐나다를 방문했을 때 겪은 일이다. 환전을 하기 위해 은행 창구를 찾아갔다. 은행 안은 의외로 한산했다. 안내 데스크로 다가가 환전하는 방법을 물었다. 안내원은 손짓으로 나와 눈이 마주친 창구 여직원을 가리켰다. 그런데 여직원 두 명이 업무 처리 중에 끼득끼득 소곤거리다 힐끗힐끗 나를 쳐다보며 웃었다. 'Why?'를 반복하는 내 말을 작은 소리로 흉내까지 내며 따라하지 않는가. 순간, 그녀들이 내 서툰 영어 발음을 흉본다고 느꼈다. 괜스레 얼굴이 화끈거렸다. 나이도 어려보이는 창구 여직원이 영어가 능숙하지 못한 키 작은 동양 여인을 만만히 여기는 듯싶어 항의하고 싶었다. 그렇지만 짧은 영어 실력으로 어떤 말을 해야 할지 단어가 생각나질 않아 눈에 힘만 주다 나와 버렸다. 상한 마음은 금방 수그러들지 않고 집으로 돌아오는 내내 가슴을 휘저어놓았다.

그녀들은 영어가 능숙하지 못한 동양 여인을 무시하는 기색이 역력했다. 우리보다 선진국이라 생각한 캐나다에서 이런 낭패를 당하다니! 다민족이 모여사는 캐나다에서 인종차별적인 비인격적 대접은 없을 줄 알았다. 캐나다 현지에서 내가 느낀 열등감은 괜한 자격지심이었을까. 마음과 달리 생각은 자꾸 도리질을 치며 원인만 곱씹었다. 그날의 기억 때문일까. 오늘 은행 직원의 고객 응대 상황은 내 방식으로 이해하는 데 시간이 오래 걸리지 않았다. 만약 그 손님이 서양 남자였다면 어떠했을까. 아마도 동생한테 하듯 반말로 다그치지는 못했을 터다.

외국인 근로자들이 전체 인구의 10%를 차지한다는 보도가 심심치 않게 나오고 있다. 공휴일이면 우리 동네는 외국인 근로자들로 술렁인다. 골목에는 한 블록마다 아시안 마트가 성업 중이다. 그들로 인해 동네 상권마저 뒤바뀔 처지에 놓였다. 그들의 소비성향에 골목시장 성패가 달렸다 해도 과언이 아니다. 오늘 우연히 인종차별의 현장을 목격한 듯싶어 얼굴이 뜨거워졌다. 더불어 사는 사회를 외치는 글로벌시대에 서로를 존중해줄 수 있는 따뜻한 말 한마디가 아쉬운 요즘이다.

낯선 고장에서 땀 흘리고 있는 그들은 이미 우리말을 구사하는 다정한 이웃들 아니던가. 피부색은 달라도, 출신지가 달라도 우수한 한글이 세계로 퍼져나가는데 교두보 역할을 하는 이들이다. 이제는 그들과 다정하게 소통하며 서로 손잡고 사랑을 나눠야 할 때이다. 서로서로 배려와 존경이 필요한 시대에 우리는 살고 있다.

모국어가 뭐예요?

니마Nima는 또 망설인다.

영어만 사용하던 그녀가 한국으로 유학왔다. 자음과 모음도 모른 채, 대학어학원에 입학했다. 문화와 정서가 다른 외국생활은 비행기를 내려서는 순간부터 설렘과 동시에 두려움으로 불안했을 일이다. 처음 방문한 낯선 나라에서의 하루하루가 적응도 하기 전에 언어장벽으로 가슴은 콩닥거렸을 터다. 한국어를 배우기 위해 기역, 니은을 발음하는 목소리가 마냥 서툴러 웃음을 자아내곤 했다. 그러던 그녀가 나를 만나자 질문을 던졌다.

"지각이 뭐예요?"

니마는 그동안 궁금했다며 고민을 털어놓았다. 왜 한국에서는 한글로도 의사소통이 충분한데 굳이 한자 교육을 받아야 하는지 이해가 되질 않는다고 했다. 한글(훈민정음)은 가장 독창적이고 과학적인 문자인데 한자 없이 뜻을 알 수 없으니 혼란스럽다는 푸념이다. 니마는 영어의 '늦었다late'와 '지각'에 대해 아리송한 반응을 보였다.

어느 대학 교수는 '목례'를 '목인사'로 알고 있었다는 대학원생 얘기를 듣고 놀랐다고 했다. 요즘 학생들은 '밀주'를 '밀가루 술'로 알고 있는 경우가 다반사라 한다. 한국에서 태어나 자란 학생들도 이러한데 하물며 외국인들이 한국어를 배우고자 할 때 한자 음과 뜻 풀이에 대한 난이도를 익히기는 쉽지 않은 일이다.

글로벌시대를 살아가고 있는 젊은이들은 한자와 알파벳에 어떤 의미를 두고 있을까. 중국이 만든 글자가 한자임이 분명하지만 지금은 중국 문자라고만 주장하기 어렵지 않을까 싶다. 알파벳 또한 유럽과 미주 여러 나라에서 사용하기 때문에 어느 특정한 국가의 고유어라 하기 무색해졌다. 우리나라와 일본은 오랫동안 중국 한자를 사용해왔기에 많은 단어가 한자어로 이루어져 있다. 한자어를 한글로 쓰고 읽으면 편하긴 해도 한자의 뜻을 모르면 단어의 뜻도 이해할 수 없는 일이 발생해 당혹감을 불러일으킬 때가 종종 있지 않던가.

니마는 부탄에서 온 학생이다. 그녀의 나라 부탄은 세계에서 행복지수가 1위라고 해 관심을 끌고 있다. 부탄은 네 종족의 언어를 사용하고 있어 자국민끼리도 의사소통이 되지 않는 경우가 다반사다. 국왕은 영어를 공통어로 지정해 유치

원부터 교육을 시키고 있다. 그러다보니 대다수의 국민이 영어를 사용할 줄 알게 되었다. 다민족국가인 미국과 캐나다도 영국의 언어인 영어를 국어로 사용하면서 세력을 키워왔다. 이즈막 모국어인 한글과 함께 영어 교육을 최우선시하고 있는 우리나라 교육제도에 대해 고민해볼 필요가 있지 않을까.

수많은 언어학자들이 한글의 우수성을 칭찬하고 있다. 하지만 정작 한자를 모르면 의사소통에 혼란을 겪는다. 더구나 니마처럼 한국어를 배우려는 외국인들에게 한글은 읽고 말할 수는 있어도 그 말의 문맥과 의미를 파악하는 데 시간이 걸릴 수밖에 없다. 어느 순간, 한자를 이해하지 못하면 우수한 한글을 사용하면서 언어의 지시적 의미도 제대로 모르는 문맹인으로 살아가게 되지 않을까 두려워진다.

이명진 에세이
물숨의 약속

지은이_ 이명진
펴낸이_ 조현석
펴낸곳_ 북인
디자인_ 푸른영토

1판 1쇄_ 2023년 10월 31일

출판등록번호_ 313-2004-000111
주소_ 121-838 서울 마포구 서교동 460-34, 501호
전화_ 02-323-7767
팩스_ 02-323-7845

ISBN 979-11-6512-077-1 03810

이 책은 2023년 한국문화예술위원회에서 공모한 〈아르코문학창작기금〉 발간지원에 선정되어 출간하였습니다.

책값은 뒤표지에 있습니다.
저자와 협의 아래 인지를 생략합니다.